Hänsten Tempestos

Ein Auftrag in Terfoate

Niedergeschrieben von Bernd Kietzmann

Personenregister

Hänsten – der Mann für besondere Aufgaben

Baron Torrestas - Edelmann aus Stabecas, der Auftraggeber, Pferdenarr

Mikaela – als Hausmädchen bei Torrestas angestellt

- Der Vater Mikaelas
- Die Mutter Mikaelas

Pietro – Mikaelas Freund, arbeitet bei ihrem Vater auf dem Hof

Graf Emile Hargasses – Großgrundbesitzer mit vielen Stallungen und Rennpferden

Hamilka – Arbeitet auf Hargasses Anwesen, ehemaliger Söldner

Jannes – ein Pferdeknecht

Richter Ernesto Badugin aus Belecapicas

Tempestos – Ein edles Rennpferd, der Champion

Fulgoures – Ein junges Rennpferd

Sabiano – ein alter Hengst

Wolfenheim

Es war ein verregneter Tag und Hänsten hatte keine Lust auch nur einen Fuß vor die Tür zu setzen. Der alles durchdringende Landregen dort draußen war ihm zuwider. Er hatte im Augenblick auch keinen triftigen Grund hinaus zu gehen.
Hänsten, der Spezialist für schwierige Fälle, fühlte sich dazu faul und das machte ihn irgendwie unruhig. Diese sich einschleichende Trägheit hielt er schon immer für ein Alarmzeichen.
Die beiden Brüder Faulheit und Trägheit waren seine schlimmsten Feinde, so behauptete er immer.
Er hatte bereits mehrere Wochen in Wolfenheim verbracht und spürte nun wieder die bekannte Unruhe in ihm aufsteigen. Sicherlich war Wolfenheim ein schönes, beschauliches Städtchen, doch seit einigen Tagen begann es ihn auf die Nerven zu gehen! Er hatte genug von den verzierten Fachwerkhäusern mit Blumen auf den Fensterbrettern. Er war inzwischen oft genug über den großen Marktplatz mit dem unübersehbaren Pranger in der Mitte gegangen. Er hatte gelangweilt die emsigen Händler beobachtet, die vor dem Rathaus ihre Waren feilboten. Das würden sie wohl bis zum Ende aller Zeiten so machen.
Um sich abzulenken war er auch inzwischen häufig am Quartier der Stadtwache vorbeiflaniert. Niemand der

Wächter hatte Interesse jedoch an ihm gezeigt. Ihm fielen inzwischen auch die freundlichen, arbeitsamen Einwohner von Wolfenheim auf die Nerven, was ihm am meisten betroffen machte. Er tat diesen Leuten damit unrecht. Sein ursprünglicher Plan war gewesen, hier später seinen Lebensabend zu verbringen, wenn er genug Gold und Silber in den Tresoren von Röger Und Fahlglanz gesammelt hatte. In Wolfenheim ließ es sich gut leben, war ein geflügeltes Wort. Selten geschah hier etwas Ungewöhnliches. Der Scheunenbrand vor einigen Wochen war schon ein Ereignis, über das sich die Einwohner wohl noch im nächsten Sommer erregen konnten. Er hatte auch ausgiebig die schnell wachsenden Lagerhäuser des Händlers Demoritz am Rande von Wolfenheim betrachtet. Dort wurde in einem unglaublichen Tempo gearbeitet. Demoritz hatte auch schon in Turmstadt und Dersendam seine Lager errichtet. Er hatte das Gefühl, der weithin bekannte Händler würde Wolfenheim eines Tages einfach verschlucken. Unter dem Schild von Wolfenheim am Ortseingang wurde dann einfach noch der Name Demoritz stehen. Die Einwohner würden das anfangs nicht einmal bemerken. Die Stadtwächter würden irgendwann später auf die Befehle des Kaufmanns hören und nicht mehr auf die Anweisungen des Stadtherren im Rathaus.

Einzig die Kartographen, deren Ruf weit über die Landesgrenzen hinaus reichte, würden das wohl überleben. Sie würden auch noch Karten zeichnen, wenn Demoritz schon alle anderen Händler sich einverleibt hatte.
Aber mit den Jahren konnte man die Dinge auch aus einem anderen Blickwinkel sehen, musste Hänsten einsehen. Vielleicht ermöglicht Demoritz ja auf seine Art das Überleben der Händler, die sonst längst aufgegeben hätten.
Hänsten fühlte sich trotz dieses Laufes der Dinge indessen von Langeweile bedroht.
Etliche Tage war er neugierig die Straßen abgelaufen und hatte die Menschen bei ihren Verrichtungen beobachtet. Das war gewiss eine Zeitlang interessant, denn er hatte immer versucht, durch seine Beobachtungen zu erraten, welchem Gewerbe sie nachgingen. Er hatte sich dabei meistens nicht getäuscht. Doch dieses Ratespiel bot ihm am Ende keine Befriedigung. Hänsten konnte die Wahrheit nicht mehr verleugnen, er brauchte wieder einen anständigen Auftrag!
Zu allem Übel hatte es seit Tagen fast ununterbrochen geregnet. Auch wenn jetzt die Sonne einen Anlauf unternahm, die Wolken zu durchbrechen, rechnete er mit weiterem Regen. Die grauen Wolken über der Stadt wurden nur für kurze Zeit etwas heller, um sich danach gleich wieder zu verfinstern.

Er lenkte sich mit einigen Übungen zur Körperertüchtigung ab, schließlich musste er weiterhin in Form bleiben. Es gab inzwischen genug Leute, denen er auf die Füße getreten war. Also musste er wachsam und bereit sein!
Dieser Tag versprach aber eine unerwartete Unterbrechung der täglichen Routine.
Hänsten war durch ein Geräusch aufmerksam geworden und lauschte. Jemand kam mit leisen Schritten die Treppe zu seinem Zimmer hinaufgeschlichen!
Sein Wirt würde das nicht sein!
Er hatte sofort sein Langmesser in der Hand. Eine kleine Armbrust lag ohnehin immer in Reichweite neben ihm. Er hatte sich neben die Tür gestellt. Alarmiert hörte er, wie jemand vor seiner Tür verharrte. Auch die Person vor der Tür schien in das Zimmer hineinzulauschen. Die Fußbodendielen knarrten leise unter dessen Gewicht. Kurz darauf sah Hänsten, wie ein Zettel unter der Tür durchgeschoben wurde.
Eiligen Schrittes lief der Bote die Stufen wieder hinab, als wollte er nicht gesehen werden.
Hänsten wartete bis die Schritte vor dem Haus verklungen waren, dann stand er bedächtig auf und ging zur Tür. Er legte ein Ohr an das Holz und wartete einige Augenblicke. Wie gesagt, er war schon so einigen Leute auf die Füße getreten, was ihm auf dem Treppenabsatz als Überraschung vielleicht dagelassen

worden war! Bedächtig öffnete er die Tür einen Spalt. Niemand lauerte vor der Tür auf ihn.
Er nahm das Papier erst auf, nachdem er sich einen Handschuh angezogen hatte. Mit misstrauischem Blick wendete er das Schriftstück dann einige Male. Vorsichtig roch er daran. Es könnte immerhin auch ein Versuch sein, ihn zu vergiften! Er hatte schon einige Male davon gehört, dass man sich beim Anfassen eines Gegenstandes vergiften konnte.
Das war einigen Männern mit ähnlicher Profession wie der seinigen vor einiger Zeit widerfahren. Es war eine regelrechte Säuberungswelle gewesen! Dadurch wurde die Anzahl seiner Mitbewerber natürlich etwas reduziert. Das war andrerseits auch eine gute Entwicklung. Die Preise für seine Dienste stiegen dadurch doch um einiges.
Es war kein billiges Papier, das er in der Hand hielt! Das war schon ein guter Anfang. Langsam faltete er das Blatt auseinander.
Es waren nur wenige Zeilen mit einer sauberen Handschrift darauf geschrieben.
Er sollte sich bei vorhandenen Interesse in einigen Tagen in Turmstadt einfinden. Ihm wurde ein vornehmes Gasthaus vorgeschlagen, wo er einige Tage lang auf weitere Schritte seines Auftraggebers warten konnte. Die Reise dorthin würde ihm natürlich bezahlt werden, egal ob er am Ende zusagen würde oder auch nicht.

Der Informationsgehalt dieses Zettels war nicht sonderlich groß, aber ihm fiel hier in Wolfenheim sowieso die Decke auf den Kopf. Ebenso gut konnte er nach Turmstadt reisen und sehen was ihm dort für ein Vorschlag gemacht werden würde.
Somit war der Entschluss gefasst, er würde alsbald zu dieser Hafenstadt aufbrechen!
Endlich zog wieder die so sehr geschätzte innere Ruhe in ihm ein. Er wurde immer von ihr durchströmt, sowie er einen Entschluss gefasst hatte, einen neuen Klienten zumindest anzuhören.
Bedächtig zog er die Handschuhe wieder aus und sah aus dem Fenster. Niemand schien ihn zu beobachten. Er sah nur den ganz normalen Verkehr unten auf der Hauptstraße. Ein paar Fußgänger, einige Fuhrwerke. Alles was er in den letzten Wochen auch schon genauso gesehen hatte. Das war allerdings trügerisch gewesen, denn er war ja von dem noch unbekannten Auftraggeber gefunden worden. Das nahm Hänsten aber niemand übel. Es war jetzt einfach wieder an der Zeit, sich zu bewegen!
Nachdem er den Beschluss gefasst hatte, bald dorthin zu reisen, legte er sich noch einmal beruhigt auf die Pritsche und schlief einige Stunden.
Es war schon Nachmittag, als er voller Tatendrang erwachte. Das Wetter nun kühl und trocken, also wie gemacht für eine Reise.
Schnell packte er seine wenigen Sachen zusammen und verließ sein Zimmer.

Er sah sich nicht einmal um.
Er beglich seine Rechnung unten am Tresen. Der Wirt sah gleichmütig das Bündel auf dem Rücken an. Er wusste natürlich in groben Zügen in welcher Branche Hänsten tätig war. Er hatte ihn auch schon arg verwundet hier beherbergt. Als zahlungskräftiger Gast war er hier immer gern gesehen. In diesen Zeiten war das schon eine Menge für einen Wirt, wenn jemand ohne zu feilschen den geforderten Preis bezahlte. Das ließ ihn über die blutverschmierten Klingen hinwegsehen, die Hänsten gelegentlich hier im Haus reinigte.
Der Wirt verabschiedete sich ganz familiär mit dem aufrichtigen Wunsch, ihn hier bald wieder einkehren zu sehen.
Hänsten mietete sich ein Pferd, um nach Dersendam zu reisen. Von dort konnte er auf das andere Ufer des Drachenschlundes übersetzen oder auch mit dem Schiff direkt nach Turmstadt reisen.
Das wollte er dem Zufall überlassen.
Im leichten Galopp machte er sich auf den Weg.

Auf dem Drachenschlund

Dersendam am Ufer des Drachenschlundes, wurde schon fast völlig von den Kaufhäusern und Lagern des

Kaufmanns Demoritz beherrscht. Niemand der Einwohner würde den Zeitpunkt benennen können, als dies begann.
Seine Lager hatten sich vom Marktplatz aus in die vielen Nebenstraßen wie ein Geschwür ausgebreitet. Überall sah man Bewaffnete mit seinem Wappen auf der Brust durch die Straßen laufen. Demoritz duldete keine Unzucht und Schlägereien in seinem Teil der Hafenstadt. Dort war man auch in dunkelster Nacht sicher auf der Straße.
Unten am Hafen, mit der großen Werft, prangten ebenfalls unübersehbar überall seine Wappen.
Auch wenn es Hänsten im Grunde egal war, konnte er sich doch nicht mit diesem allgegenwärtigen Kaufmann anfreunden. Wenn es so weiterging, würde ihm bald die gesamte Stadt mitsamt den Bewohnern gehören!

Er verkaufte sein Pferd bei einem Händler und sah sich an den Anlegestellen nach einem Schiff um.
Das Glück war ihm hold. Schon am selben Abend lief ein schneller Postsegler nach Turmstadt aus. Er hatte auch einige Kabinen für Händler unter Deck. Hänsten hatte kein Problem eine Überfahrt zu bekommen, als er einige Stücke Silber auf dem Tisch rollen ließ. Der Hafenmeister ließ sie unter dem Tisch verschwinden und bekam den Namen eines Postseglers genannt und eine Zeit, an der er sich dort einfinden sollte.

Er war später auch pünktlich am überfüllten Kai erschienen, um einzuschiffen.
Vorher war er noch ein wenig im Hafen umherspaziert. Hänsten genoss es, noch ein wenig freie Zeit zu haben und die vielen emsigen Hände zu beobachten, die Segel flickten und an den Rümpfen der Schiffe etwas ausbesserten. Das alles war interessant und kurzweilig, so dass er beinahe sein Schiff verpasste.
Die Segel wurden gesetzt und ein günstiger Wind trieb sie schnell in Richtung des Großen Grauen, nachdem sie den Hafen im letzten Licht der Sonne verlassen hatten.
In der Nacht hatte der Steuermann mit schnell aufkommenden Nebel zu kämpfen. Vom Ausguck rief ihm ein Matrose ständig neue Richtungen zu. Die ständigen Rufe verstummten erst in der Nacht. Mit nur wenig Segeln kamen sie langsam voran.
Sie hatten im ersten Morgengrauen den eigentlichen Drachenschlund erreicht. Der Nebel war glücklicherweise nicht mehr ganz so dicht. Doch der Kapitän hatte schnell einen Großteil der Segel einholen lassen.
Langsam trieb der Wind sie gegen die Strömung. Hänsten war auf Deck und sah sich das Schauspiel an. Natürlich hatte er schon von den gefährlichen Felsen im Wasser gehört. Sie hatten schon eine gehörige Zahl von versenkten Schiffen auf ihrem Konto. Viele hatten sich bei genau solchem Wetter an den Felsnadeln die Rümpfe aufgerissen!

Er war sich jedoch sicher, diesen Tag unversehrt zu überstehen. Von dieser Überzeugung konnten ihn auch die heimtückischen Felsen, die knapp unter der Wasseroberfläche lauerten, nicht abbringen.
Sie passierten einige von ihnen mit sehr wenig Abstand. Hänsten sah dem Kampf der Seemänner gleichmütig zu. Er ließ sich auch jetzt nicht von der festen Gewissheit abbringen, dass ihm und dem Schiff hier und heute nichts geschah.
Nach einigen kritischen Stunden begann sich die Natur wieder zu beruhigen. Der Wind ließ nach, das Schiff begann wieder ruhiger im Wasser zu liegen. Die Männer setzten wieder mehr Segel, die sich sofort mit Wind füllten. Mit stetig zunehmenden Tempo strebten sie Turmstadt entgegen.
Das Schiff war am Vormittag bis in Sichtweite zu ihrem Zielhafen näher gerückt.
Hänsten sah die vielen in den Himmel ragenden Türme, die der Stadt ihren Namen gaben. Er hatte fast den Eindruck, dass sie vor seinen Augen aus dem Wasser wuchsen.
Er hatte einmal von einem fast zahnlosen Reisenden erzählt bekommen, das in einer lange vergangener Zeit die vielen Türme mit Mauern versehen gewesen waren, die jeweils einen kleinen Teil der Stadt einer Familie zugehörig machten. Es kam in der Zeit ständig zu blutigen Fehden untereinander. Die Familien kämpften um die Vorherrschaft am Hafen oder an den Lagerhäusern. Das dauerte ewig, bis einige weniger

Dogmatische Familienoberhäupter sich besannen, um das ständige sinnlose Blutvergießen zu beenden. Einigen vernünftigen Unterhändler gelang es nach endlosen Jahren zäher Verhandlungen schließlich, einen Frieden auszuhandeln, um ein normales Leben in der Stadt zu ermöglichen. Erst dieser Frieden ermöglichte es Turmstadt die Bedeutung als das wichtigste Handelszentrum am Großen Grauen zu werden, das es jetzt darstellte.
Das alles interessierte Hänsten jedoch nur am Rande. Es war ein weiterer Beweis wie dumm die Menschen im Grunde waren. Sie konnten wesentlich mehr erreichen, wenn sie in der Lage wären, sich auf ein Ziel zu verständigen. Aber das lag wohl nicht in der menschlichen Natur.
Nachdem ein Lotse das Schiff in den Hafen bugsiert hatte, stieg der Mann für besondere Fälle sofort die schwingende Laufplanke hinab und suchte sich ein Gasthaus, um etwas Vernünftiges zu Essen. Hänsten war nicht unbedingt ein Mann des Meeres, trotzdem er schon einige Fahrten auf dem Großen Grauen und sogar dem Gelben Meer hinter sich gebracht hatte. Doch das waren nicht unbedingt die Erlebnisse, an die er sich gern erinnerte.
Er sah sich ohne Eile am Hafen um. Er hatte auch keinen Grund sich zu hetzen.
Gelassen lief er eine endlose Häuserzeile entlang, an der sich Gasthaus an Gasthaus reihten. Sie alle trugen die merkwürdigsten Namen. Vor den Türen lungerten

zweifelhafte Gestalten herum und grinsten ihn frech an. Einige zwinkerten ihm vertraulich zu. Sie versuchten Reisende in die Häuser zu locken. Hänsten ignorierte die Männer und entschied sich schließlich für den "Schleppanker". Dieses Wirtshaus unterschied sich in keiner Weise von den anderen, doch seine Wahl war getroffen.
Er stieß die Tür auf und sah sich erst einmal im Halbdunkel um.
Hier sah es so aus, wie in so ziemlich jedem anderem Gasthaus auf dieser Seite der Welt.
Tabakwolken hingen in dichten Schwaden unter der Decke.
Ein lautes Stimmengewirr und Lachen umgab ihn, kaum dass er einige Schritte in das Wirtshaus gesetzt hatte. Ein jeder hier schien Pfeife zu rauchen, doch Hänsten wollte jetzt nicht wieder umkehren.
Hier waren anscheinend alle Dialekte, die um den Großen Grauen gesprochen wurden, versammelt. In dem allgemeinen Lärm verstand man kaum ein Wort, das störte ihn jedoch nicht. Er sah sich kurz um und fand tatsächlich noch einen unbesetzten Tisch.
Schon kurz darauf stand eine verbraucht aussehende Kellnerin neben ihm und fragte nach seinen Wünschen. Sie verstand ihn jedenfalls problemlos.
Er erklärte ihr seine Vorstellung und die Kellnerin verschwand für einige Zeit. Nun hatte er freie Sicht auf die anderen Gäste.

Er hatte von der Kellnerin bald darauf erfahren, wo sich das angegebene Gasthaus befand und machte sich nach einer kleinen Mahlzeit auf den Weg.
Misstrauisch sah er sich immer wieder um, ob er beobachtet wurde.
Seine Unterkunft stellte sich als ein ruhig gelegenes Gasthaus an einer Ausfallstraße heraus, das eher betuchtere Händler zu seinen Kunden zählte.
Ein bärtiger Wirt sah ihn durchdringend an. Vielleicht wurde Hänsten ja schon erwartet. Er fragte nach einem Zimmer und flocht nebenbei den Namen Torrestas in das Gespräch ein. Beflissen bot ihm der Wirt sofort ein ruhigeres Zimmer auf der Rückseite des Hauses an. Dort würde er in der Nacht ruhiger schlafen können, erklärte der Mann. Natürlich war das Zimmer schon bezahlt. Ein alter Hausdiener führte Hänsten in sein Zimmer hinauf.
Er sah auf einen kleinen Hof hinab. Einige Bäume versperrten ihm die Sicht auf Turmstadt, doch das störte ihn nicht. Er war ja hier schon einige Male durchgekommen.
Nachdenklich betrachtete er den großen Kamin an der Wand. Er war natürlich aus. Es war zurzeit recht warm in Turmstadt. Er stieß das Fenster auf und sah gedankenversunken den Weg entlang, der sich hinter dem Gasthaus aus der Stadt hinaus schlängelte.
Diesen Weg würde er wahrscheinlich bald nehmen.
Hänsten würde natürlich vorher gern wissen, was dieser Auftrag überhaupt beinhaltete.

Er verbrachte einen ruhigen Abend. Ihm wurde ein üppiges Abendbrot aufs Zimmer gebracht. Nach der Mahlzeit ging Hänsten zeitig schlafen, denn er rechnete damit, schon bald Nachricht zu erhalten. Dann würde er sofort aufbrechen, hatte er sich vorgenommen.
Tatsächlich bekam er noch am späten Abend Nachricht, dass er sich so schnell es ging in Stabecas einfinden sollte. Hänsten betrachtete sinnierend das Wachssiegel am Ende des Schriftstückes. Es war ungewöhnlich, dass jemand seinen Namen so prunkvoll unter einen Auftrag für ihn setzte. Normalerweise bevorzugten seine Kunden es, anonym zu bleiben. Sorgfältig faltete er das Schriftstück zusammen und stecke es weg.
Er musste sich bei dem Wirt erst einmal erkundigen, wo diese Stadt lag.
Ausführlich wurde ihm der Weg dorthin beschrieben, so das Hänsten am nächsten Morgen schon aufbrechen konnte, ohne Angst haben zu müssen, in die Irre zu gehen.
So musste er sich am Morgen nur noch an den Wirt wenden, um ein Pferd zu erstehen. Er wollte keine Kutsche nach Stabecas nehmen. Das würde zu viel Zeit kosten und er wollte Stabecas schnellstens erreichen. Es gab nur einige Schritte entfernt einige Stallungen, erklärte ihm der Wirt.

Der Weg nach Terfoate

Kaum eine halbe Stunde später suchte er den von seinem Wirt empfohlenen Stall auf und feilschte mit dem Besitzer eine Weile um ein robustes Pferd, das ihm sofort ins Auge gefallen war. Es dauerte seine Zeit, bis sie ihr Geschäft abgeschlossen hatten und Hänsten sein Pferd satteln konnte.

Der Stallbesitzer freute sich über das gute Geschäft und gab Hänsten eine ziemlich genaue Wegbeschreibung nach Terfoate. Er sah den Reisenden beinahe Mitleidig an, denn sein Pferd war eigentlich nur die Hälfte des Preises wert, dass dieser Fremde mit dem geflochtenen Bart gezahlt hatte. Das behielt er natürlich für sich und legte als guter Händler noch zwei große Wasserschläuche dazu. Er erklärte mit ernster Miene, das Hänsten sie mit Sicherheit brauchen würde, da wo er hin wollte.

Hänsten hatte nicht das Gefühl, übervorteilt worden zu sein.

Er füllte die Schläuche, wie es der Händler ihm dringend ans Herz gelegt hatte. Mit der ziemlich genauen Wegbeschreibung, konnte er kaum fehl gehen. Nach dessen Aussagen hatte er mindestens einen Tag zu reiten. Wahrscheinlich eher noch länger. Er prophezeite ihm, dass er sein Ziel bald erreicht haben würde, wenn Hänsten anfangen würde zu schwitzen. Der Händler grinste Hänsten dabei wissend an.

Hänsten wurde nun klar, das sein Auftrag in einer heißen Region mit viel Sonne und karger Landschaft auszuführen war. Er wollte schnellstmöglich dort ankommen, um zu prüfen, ob dieser Auftrag überhaupt in seinem Fachgebiet lag.
Immerhin konnte er es sich inzwischen leisten, wählerisch zu sein.
Wenn ihm der Auftrag nicht gefiel, konnte er immer noch umkehren!

Es wurde eine recht eintönige Tagesreise, nachdem er Turmstadt hinter sich gelassen hatte. Das Land wurde zusehends flacher und langweiliger. Die Wälder waren schon am Vormittag zurückgeblieben und machten einer weiten fast baumlosen Steppe Platz. Es waren nur wenige kleine Sträucher zu sehen. Ein stetiger warmer Wind blies ihm über die flachen Hügel ins Gesicht. Hänsten empfand dies als trostlos.
Hier würde man nicht einmal ein totes Pferd begraben wollen.
Sein alter Rappen trug ihn stumm den staubigen Weg entlang.
Hänsten begann später am Tag zu schwitzen und zog sich seine Jacke aus. Er legte sie sorgfältig vor sich über die Knie. Nach der Vorhersage des Händlers musste er nun bald am Ziel sein.
Hänsten war in der Vergangenheit meist in kühleren Regionen unterwegs gewesen.

Aber er sagte sich, dass er auch einmal die Steppe erleben musste.
Sein Vater hatte bei diesen Gelegenheiten immer gesagt, der Assassine wächst an seinen Herausforderungen. Für sein gefährliches Leben war er doch recht alt geworden und hatte genügend Gelegenheiten zu wachsen. Wenn sein alter Herr ihn jetzt so sehen könnte, würde er ihn spöttisch angrinsen und sagen, "Junge, das ist noch gar nichts! Als ich einmal in Orbetan war, was glaubst du wie ich da durchgehangen habe. Es war eine Gluthölle!", Hänsten hatte dann meistens aufgehört seinem Vater zuzuhören. Er hatte als Kind diese Geschichten nicht gemocht. Doch paradoxerweise übte er nun fast den gleichen Beruf wie sein alter Herr aus, auch wenn er sich immer dagegen verwahrte, ein Assassine zu sein. Er gehörte auch keiner Bruderschaft oder sonst wem an. Hänsten war sich nur selbst gegenüber verantwortlich und das sollte auch so bleiben!

Der weitere Tag zog sich endlos in die Länge. Seine Sachen klebten verschwitzt auf der Haut. Nur selten kam er an einer Behausung vorüber, die dann auch ein recht trostloses Bild abgab.
Einmal füllte er seine Wasserschläuche an einem Dorfbrunnen auf und tränkte sein Pferd. Er ließ den alten Rappen eine Weile im Schatten einer Hütte

ruhen und lehnte sich dösend an einen Baum mit harten dunkelgrünen Blättern.
Hänsten wusste die Augen der wenigen Anwohner auf sich, aber das machte ihm nichts aus, denn das widerfuhr ihm beinahe überall, wo er hinkam. In wenigen Augenblicken war er ohnehin wieder verschwunden.
Er musste sich jedoch tatsächlich überwinden wieder aufzubrechen. Die Hitze machte auch ihm zu schaffen.
Gegen Abend sah er in der Ferne eine größere Stadt, mit sich an den Boden schmiegenden Häusern. Deren Wände strahlten Weiß im Abendlicht, die Dächer hingegen waren mit gebrannten roten Ziegeln gedeckt.
Mittig in der Stadt ragte ein Turm wie eine Nadel in den Himmel. Sie erinnerten ihn an Leuchttürme in einem grauen Meer.
Das musste Stabecas sein! Das hoffte er jedenfalls inständig. Die Sonne begann inzwischen auch zu sinken und färbte den Himmel in sanfte Rot- und Rosatöne.
Das sah verheißungsvoll aus. Dort erwartete ihn vielleicht eine Wanne voller kaltem Wasser, das war zu diesem Zeitpunkt der Gipfel des vorstellbaren Luxus.
Staubwolken zogen hinter ihm über die trostlosen Weiten und fielen wieder zusammen. Er fragte sich, womit die Bewohner dieser Stadt ihren Lebensunterhalt verdienten. Aber bald würde er schlauer sein.
Sein Pferd beschleunigte nun das Tempo von ganz allein. Es schien Wasser zu riechen.

Es schien aber noch endlos zu dauern, bis der durchgeschwitzte Reiter endlich die engen Gassen von Stabecas erreicht hatte. Er musste auch nicht lange nach einem Wirtshaus suchen. Auf das erste traf er schon am Rande der Stadt.
Es standen sogar einige Bäume mit giftgrünen Blättern vor dem Eingang und spendeten ein wenig Schatten.
Das Gasthaus schien trotzdem zu kochen und er setzte sich draußen, in den Schatten eines schmalen Baumes.
Hänsten hatte das Gefühl, als würde das Holz unter ihm jeden Augenblick anfangen zu brennen.
Der Schweiß lief ihm in die Augen und auch träge den Rücken hinab.
Er fühlte sich unwohl, aber was konnte er dagegen schon tun? Seine Hoffnung bestand nun darin, sein Ziel erreicht zu haben.
Der Wirt hatte ihn eine Weile angesehen und trat schließlich zu ihm. Er schob seinen Strohhut in den Nacken und sah Hänsten an.
"Hat der Herr es noch weit?" Er sprach mit einem entsetzlichen Akzent.
Er wollte sich wohl nur die Langeweile mit dem Fremden vertreiben.
"Ich glaube nicht", antwortete Hänsten und sah hoch zu dem Wirt. Der grinste ihn verstehend an. "Ich bin doch jetzt in Stabecas oder irre ich mich da?"
Der Wirt nickte zustimmend.
"Dann sag mir einfach, wohin du willst, vielleicht kann ich dir helfen."

"Ich wurde hierher gerufen", erklärte er dem Wirt. "Es wartet Arbeit auf mich. Baron Torrestas braucht meine Hilfe."
"Oh, der Pferdebaron", rief der Wirt sofort aus. Er machte ein wissendes Gesicht. "Dann hast du dein Ziel schon beinahe erreicht!"
Er wies den staubigen Weg entlang in die Stadt hinein, der in der Sonnenhitze zu glühen schien.
"Noch gute drei oder vier Minuten, dann wirst du den Turm von dem Baron sehen!" Er sah Hänsten mit einem Lächeln im Gesicht an. "Es geht sicherlich um Pferde", mutmaßte der Wirt. Hänsten machte eine unbestimmte Geste. Er hoffte, dass es nicht um Pferde ging. "Immer wenn Fremde hierher kommen und zum Baron wollen geht es um Pferde", fügte der Mann noch hinzu. Er trat noch einen Schritt näher an Hänsten heran und sah ihm fest in die Augen.
"Merke dir, dort bei Torrestas darfst du kein Pferd und keinen Esel beleidigen! In dieser Frage ist er ganz eigen. Seine Männer würden dich sogar töten, wenn du etwas gegen dessen geliebte Rennpferde sagen würdest. Wenn du mich fragst, ist die Familie des Barons nicht ganz richtig im Kopf. Sie haben seit Generationen nur ihre Pferderennen und Pferdezuchten und natürlich die Wetten auf die Pferde im Kopf!"
Er tippte sich theatralisch an die Stirn und schüttelte mit viel Unverständnis den Kopf. Dann wischte er sich mit einem Tuch den Schweiß von der Stirn.

"Ich glaube die Sonne in diesem Land tut auch ihren Teil dazu bei!" Er lachte den Reisenden freundlich an. Dann hob er mahnend den Zeigefinger.
"Noch kann der Herr es sich überlegen und umkehren, letzte Gelegenheit!" Lachend ging er zurück ins Haus und klapperte dort mit Kochtöpfen herum.
Hänsten blieb noch eine Weile sitzen und verabschiedete sich später von seinem redseligen Gastgeber.
Die Nachmittagshitze hatte inzwischen nachgelassen. Es waren wieder mehr Leute auf den Straßen unterwegs. Viele liefen neben schwer beladenen Eseln her.
Langsam machte Hänsten sich wieder auf den Weg. Er hatte sich noch einen Strohhut von dem Wirt gekauft und fühlte sich gleich etwas besser.
Er führte sein Pferd an der Hand. Es war heiß und er wollte das alte Tier nun nicht weiter schinden. Sein Ziel war ja erreicht.
Er hegte die Hoffnung, in Stabecas wenigstens etwas Kühles zu trinken zu bekommen. Sein erschöpftes Pferd lief nun von allein im Schatten der Häuser schneller. Vielleicht roch es den Hafer in irgendeiner Stallung, von denen es hier tatsächlich einige gab.
Hänsten war durchgeschwitzt und sehnte sich mehr denn je nach einer Schüssel mit kaltem Wasser. Er fühlte sich wie einer der gebrannten roten Ziegel die dort im Abendlicht gleißten.

Zu dieser Tageszeit begann auch das Leben in Stabecas wieder, mehr Menschen traten vor ihre Häuser und gingen ihren Beschäftigungen nach. Einige Reiter überholten ihn. Ihnen schien die Hitze nichts auszumachen.
Sie alle sahen ihn nur beiläufig an und hatten ihn wahrscheinlich wenige Minuten später wieder vergessen. Das hoffte Hänsten jedenfalls, einen neugierigen Stadtbüttel konnte er jetzt nicht gebrauchen.
Musik und munteres Stimmengewirr hallte ihm aus den schattigen Gassen entgegen. Das Leben schien aus seinem Dämmerschlaf wieder zu erwachen.
Niemand achtete auf ihn. Er war nur eine weiterer Reisenden, der hier in Stabecas die Nacht verbringen wollte.
Hänsten führte sein schweißnasses Pferd am Zügel. Er sah sich suchend um, denn er hatte keine Ahnung wo sein Auftraggeber wohnte. Er war der Meinung, dass dies kein großes Problem sein sollte, das Haus seines Auftraggebers zu finden. Er schien hier in Stabecas eine bekannte Person zu sein. Hänsten beschloss das Haus erst einmal selbst zu suchen. Vielleicht hatte er ja Glück. Er musste sich ja nur an dem Turm orientieren, den er jetzt aber in den engen Gassen nicht zu Gesicht bekam.
Nach einer halben Stunde des Herumirrens in den Gassen von Stabecas fragte er schließlich beim Kauf

eines Humpens billigen Weines, wo sich der Wohnsitz des Baron Torrestas befand.
Die Frau hinter dem Ausschank sah ihn nur kurz an und lächelte. Stumm wies sie hinter sich. Hänsten überlegte, was sie jetzt von ihm dachte.
Dort stand ein von Mauern umschlossenes protziges Haus, das man schon mit Fug und Recht Palast nennen konnte. An das Hauptgebäude lehnte sich der schlanke Turm an. In anderen Zeiten war das wohl ein weithin sichtbarer Beobachtungsturm gewesen. Hänsten konnte sich kaum vorstellen, dass Reiterhorden oder Landsknechte auf diese Stadt vorgerückt waren, um zu plündern und zu morden. Was gab es hier schon zu holen?
Zu jetzigen Zeitpunkt war der Turm wohl nur dazu da, die Flagge des Barons und dazu einige Wimpel zu tragen.
Hänsten vermutete, dass er vor einem hundert Jahre altem Familiensitz stand. Ein Wohnsitz der wohl alle Höhen und Tiefen dieser Stadt miterlebt hatte.
Die Dächer überragten mühelos alle anderen Häuser dieser Stadt. Torrestas Wohnsitz wurde von einer hohen rötlichen Mauer umschlossen.
Nach dem Äußeren zu urteilen, würde der Herr dieses protzigen Herrenhauses sich wohl seine Dienste leisten können.
Hänsten ließ sich Zeit und umrundete erst einmal zu Fuß die Mauer.

Er stellte fest, dass die Anlage im Grunde eine kleine Festung war. Die Außenmauern der Häuser hatte erst weit oben Fenster zur Straße. So schnell würde niemand dort unbemerkt hochklettern können. Als er das verschlossene Tor wieder erreichte hatte, bediente er den bronzenen Türklopfer.
Es dauerte eine Weile bis sich das Tor ein Stück öffnete. Ein stabiler junger Mann sah ihm misstrauisch entgegen. Er schien ein wenig überrascht von Hänstens Aussehen zu sein.
"Was willst du", fragte er abweisend in einem entsetzlichen Dialekt. Er hatte einen Knüppel in der Hand und ließ ihn unruhig pendeln. Er war sich nicht im Klaren über dem Fremden vor dem Tor.
"Dein Herr hat mich gerufen", erklärte Hänsten langsam, damit dieser Junge ihn verstand. "Baron Torrestas", fügte er hinzu. Normalerweise öffnet ein Adelstitel alle Türen im Handumdrehen.
"Pah, das glaube ich dir nicht. Warum sollte mein Herr so einen fremden Galgenstrick wie dich rufen?"
Geduldig holte Hänsten das Stück Papier hervor und hielt es in die Höhe.
Der junge Mann war nun gezwungen, etwas näher zu kommen, um einen Blick darauf zu werfen. Nach einem flüchtigen Blick auf das Papier schloss er das Tor wieder. Hänsten würde wetten, dass dieser junge Mann nicht lesen konnte. Aber vielleicht hatte er das Siegel am Ende des Schriftstückes erkannt. Hänsten faltete das Papier wieder sorgsam zusammen. Dann

lehnte Hänsten sich gegen die Mauer, er fühlte sich etwas ausgelaugt.
Wenn hier nichts weiter passierte, würde er morgen wieder zum Großen Grauen zurückreisen. Immerhin hatte er dann einen weißen Fleck weniger auf seiner persönlichen Weltkarte.
Doch das Tor öffnete sich einige Zeit später wieder und der Junge winkte ihn mit mürrischer Miene herein.
"Der Herr Baron erwartet dich", sagte er schroff und wies auf eine offene Tür auf der anderen Seite des Innenhofes. Er machte noch immer ein unfreundliches Gesicht. Hänsten überging das einfach. Es war ihm egal, was dieser Junge von ihm hielt. Morgen, um die Zeit, würde er schon weit weg sein, und das Gesicht dieses Jungen längst vergessen haben!
Langsam lief er in die angewiesene Richtung. Der Hof lag fast vollständig im Schatten und es war überraschend kühl hier. Hänsten achtete auf die Geräusche ringsherum. Aber es waren alles ganz normale Geräusche eines Haushaltes, die er wahrnahm. In der Küche wurden wohl gerade die Pfannen gescheuert. Weiter hinten bei den Stallungen schnaubte ein Pferd.
Hänsten nahm den Türknauf in die Hand und zog langsam die Tür auf. Auch über der Tür prangte das Wappen, das er von dem Siegel auf seiner Einladung her kannte.
Eine angenehme Kühle empfing ihn. Das ließ ihn gleich etwas munterer werden. Seine Augen mussten sich

erst an das Halbdunkel gewöhnen. Nach rechts ging es in die Küche, also stieg er die Treppe langsam hinauf. Oben waren Stimmen von Kindern zu hören.
Als er oben auf dem Treppenabsatz angekommen war, sah er in zwei Kinderaugen, die ihn neugierig betrachteten. Das Kind stand in einer halb geöffneten Tür.
"Komm rein, Fremder", forderte ihn eine kräftige, befehlsgewohnter Stimme auf.
Er zog die Tür auf und sah sich einem kräftigen Mann mit tiefbraunen Gesicht gegenüber. Er schien sich wohl ständig im Freien aufzuhalten. Wahrscheinlich saß er eher den ganzen Tag im Sattel, statt wie jetzt hinter einem Schreibtisch.
Er hatte trotz seines vorgeschrittenen Alters noch volles schwarzes Haar und schien auch sonst noch mit beiden Beinen im Leben zu stehen.
Hänsten nannte seinen Namen und sah seinen Gastgeber erwartungsvoll an.
Der Mann stellte sich als Baron Torrestas vor und sah Hänsten forschend ins Gesicht, vielleicht wollte er sehen, ob Hänsten dieser Name geläufig war. Er kannte ihn aber lediglich von dem Schreiben, das ihn hierher geführt hatte.
Vorher war ihm dieser Name noch nie zu Ohren gekommen. Der Baron schien deshalb aber nicht enttäuscht zu sein. Er sah Hänsten nur an.
"Du kennst dich ein wenig mit Pferden aus?"
Der Baron schien in ihn hineinzusehen.

Hänsten hob die Schulter. Immerhin wusste er, wo bei den Tieren hinten und vorne war. Er nickte wage.
"Also wohl nicht mehr, als man es von einem Mann der anderen Seite des Großen Grauen erwarten kann." Der Baron lächelte ihn nachsichtig an. "Dort hat man nämlich keine Ahnung von Rennpferden. Und man hat dort noch weniger Ahnung von Pferdewetten!"
"Vermutlich ", antwortete Hänsten zurückhaltend. In der Frage von Rennpferden stimmte das auf jeden Fall. Hänsten wurde aufgefordert sich zu setzen. Sein Gastgeber schob ihm einen Krug mit kalten Wasser entgegen. Das war genau das Getränk seiner Wahl, stellte Hänsten erfreut fest.
"Ich werde dir hier ein Zimmer frei halten, aber eure Aufgabe wird nicht hier zu erfüllen sein", begann der Baron. Hänsten war nun interessiert.
"Ich beauftrage dich, ein Pferd zu stehlen. Und sei dir sicher, es wird nicht einfach werden!"
Der Baron wartete auf eine Reaktion des fremden Mannes vor sich.
Hänsten verzog jedoch keine Miene. Das hatte er lange geübt. Er war nicht gerade begeistert von dieser Offerte. Pferdediebstahl wurde in vielen Landstrichen mit dem Tod geahndet. Aber das gehörte zum Risiko seines Berufes und schreckte ihn nicht ab. Doch im Grunde war das eine Aufgabe für Strauchdiebe, zu denen er sich absolut nicht zählte.
Sein Auftraggeber drehte einen Tonkrug langsam zwischen den Händen im Kreis. Er schien in Gedanken

versunken zu sein. Sein Gesicht hellte sich auf, als er Hänsten ansah.
"Was ist so besonderes an diesem Pferd", fragte Hänsten mit professioneller Miene.
Der Mann sah ihn ungläubig an. Er verstand die Frage anscheinend nicht.
"In deinem Land gibt es wohl keine Pferdewetten?"
Hänsten verneinte wahrheitsgemäß.
"Dann verstehe ich deine Frage", erklärte Torrestas mit milden Tadel. Dabei erhob er sich und sah aus dem Fenster. Dabei erhob er sich und sah aus dem Fenster. Dabei lächelte er sogar ein wenig.
"Dieser Hengst gewinnt jedes Rennen und das schon seit Jahren! Er hat einen finsteren Dämon im Leib, ich muss ihn haben!"
"Aber Ihr werdet doch nie mit dem Hengst an einem Rennen teilnehmen können, wenn ihr ihn in eurem Stall zu stehen habt!"
"Das stimmt schon, aber er kann dann aber auch nicht mehr stets gewinnen! Mein Stall hat dann wieder die Möglichkeit seinen berühmten Namen Ehre zu machen! Ich nehme aber an, dass dir der Name Hargasses kein Begriff ist." Der Baron sah ihn fragend an, doch er kannte auch die Antwort schon. Hänsten verneinte wie erwartet auch.
"Ich soll ihn also töten?"
Der Baron schnellte von seinem Stuhl hoch, Wut stand ihm ins Gesicht geschrieben. "Diesem Pferd wird kein

Haar gekrümmt! Und Herzog Hargasses auch nicht! Das ist bei uns nicht üblich!"
Hänsten fand die Situation absurd. Aber Pferdenarren waren weithin bekannt für ihre merkwürdigen Verhaltensweisen. Der Baron setzte sich langsam wieder auf seinen Stuhl.
"Und wie soll ich mir das vorstellen", fragte Hänsten mit geschäftsmäßiger Miene. "Ich stehle das Pferd und bringe es hierher. Dann ist mein Auftrag beendet?"
Torrestas nickte aufgeregt, als wäre alles schon unter Dach und Fach. Seine Hände bewegten sich nervös auf seinem Tisch hin und her.
"Du bekommst deinen Lohn und gehst deiner Wege. Wenn möglich meidest du klugerweise Stabecas in den nächsten Jahren! Lass es dir durch den Kopf gehen. Ich rufe das Mädchen, sie wird dir dein Zimmer zeigen. Du bist bis zu deiner Entscheidung selbstverständlich mein Gast!"
Hänsten fand es an der Zeit seinen Preis in Silber zu nennen. Torrestas winkte gleichgültig ab.
Der Baron erhob sich geschmeidig, öffnete die Tür und rief ein Mädchen mit herrischer Stimme. Dann verließ er das Zimmer.
Einige Augenblicke später erschien ein junges Mädchen in der Tür und sah Hänsten scheu an.
Sie hatte dunkle Augen und eine widerspenstige, beinahe schwarze Mähne.
Er stand langsam auf, während sie, ohne auf ihn zu warten, langsam loslief.

Sie führte ihn zuerst hinab auf den Innenhof und öffnete dann eine Tür.
"Dort oben sind die Gästezimmer", erklärte sie leise, beinahe verschämt. Sie stiegen zwei Stockwerke höher.
Immerhin sprach sie für ihn verständlich, nicht so furchtbar wie der Bursche vorhin am Tor.
Hänsten folgte ihr schweigend. Sie öffnete eine Tür und wies mit der Hand ins Zimmer.
Während Hänsten seine Sachen ablegte, schüttelte das Mädchen sein Bett etwas auf und öffnete das Fenster. Kühle Luft strömte in das Zimmer und vertrieb die stickige Luft. Mit knappen Handgriffen stellte sie alles an seinen Platz. Das dauerte kaum einen Augenblick. Dann sah sie noch kurz nach den Blumen auf dem Fensterbrett und war schon wieder auf dem Weg nach draußen.
"Damit könnt ihr nach mir läuten", erklärte sie mit unverbindlichem Ton und wies auf eine fein gearbeitete Glocke auf dem Nachttisch.
"Du hast doch sicherlich einen Namen", fragte er und sah sie freundlich an.
"Mikaela", antwortete sie fast tonlos und blickte starr zur Wand. Der Gast hatte das Gefühl, sie wurde gleich die Treppe hinunterrennen. Aber Angst hatte sie keine vor ihm, das spürte er genau.
Hänsten nickte und sah aus dem Fenster. Von hier konnte er über die Mauer hinwegschauen und etwas von der Stadt sehen. Das Leben war noch in vollem

Gange. Er konnte den flackernden Schein von Feuern sehen und Musik hören. Stimmen schwollen an und wurden wieder leiser. Gerüche füllten die abendliche Luft.
Das Mädchen war schon geräuschlos verschwunden, als er sich umdrehte.
Er setzte sich auf das Bett und fühlte sofort, wie müde und ausgelaugt er eigentlich war. Die Reise in der Hitze war anstrengend gewesen. Dazu hatte das Land kaum etwas für das Auge zu bieten. Er legte sich probehalber auf das Bett, um zu prüfen wie weich es war. Hänsten mochte keine zu weichen Betten!
Er starrte an die Decke und lauschte eine Weile den Stimmen hinter der Mauer. Schnell sank er in einen tiefen, traumlosen Schlaf.

Als er mitten in der Nacht aufwachte, war es ringsherum gespenstisch still. Die Musikanten waren schon längst abgezogen und er konnte nur noch gelegentlich hören, wie Bänke und Tische fortgeräumt wurden. Einzelne Schritte näherten sich und waren dann nicht mehr zu hören. Türen schlossen sich mit einem lauten Geräusch.
Ein nächtlich, kühler Luftzug strömte jetzt endlich in das aufgeheizte Zimmer, das inzwischen schon nach Schweiß roch. Hänsten stöhnte zufrieden. Er stand noch einmal auf und wusch sich sorgfältig mit einem bereitliegenden Schwamm.

Jetzt konnte er sich hinlegen und wirklich schlafen. Seinen Entschluss für oder gegen diesen Auftrag schob er noch vor sich her.

Mikaela

Am nächsten Morgen war er schon früh wach. Von draußen drangen nur wenige, fast verstohlene Geräusche zu ihm hinauf. In der Ferne vernahm er ein fröhliches Lachen, das man hier wohl nur in der morgendlichen Frische zu hören bekam. Das nahm er als Zeichen aufzustehen. Irgendwo in der Ferne krähte ein Hahn.
Auf seinem Weg hinaus auf den Hof traf er zufällig das Zimmermädchen wieder. Er lächelte sie freundlich an. Sie hatte einen bekümmerten Zug um die Mundwinkel und nickte ihm gerade noch höflich zu. Eigentlich sah sie an ihm vorbei, musste er im Nachhinein feststellen. Hänsten spürte, dass dieses Mädchen hier genauso fremd war, wie er. Das sollte ihm aber jetzt nicht interessieren. Ohne ihn weiter zu beachten lief sie eilig einige Türen weiter. Bevor sie in ein Treppenhaus eintrat, warf sie ihm dann doch einen kurzen neugierigen Blick zu. Sie schien es sich überlegt zu haben und kam ihm einige Schritte entgegen. Hänsten wartete gespannt, was sie auf dem Herzen hatte.

"Es haben schon viele vor Euch versucht Tempestos zu stehlen. Sie wurden alle aufgehängt! Ihr werdet doch dieses Schicksal mit den anderen nicht teilen wollen?"
Das was dieses Mädchen sagte, klang vollkommen einleuchtend. Das machte Hänsten etwas unruhig, dass er nicht als erster mit diesen Versuch unternahm. Damit war der Überraschungsmoment bei dem derzeitigen Besitzer dahin! Er war also vorgewarnt!
Sie war stehengeblieben und sah ihn abwartend an. Aber er hatte den Auftrag angenommen, daran gab es nichts mehr zu rütteln!
"Ich sollte also nicht den direkten Weg von hier nehmen? So wie meine Vorgänger?" Hänsten sah Mikaela tief in die Augen. Was hatte sie für ein Interesse an diesem Pferd?
Das Mädchen wich seinem Blick nicht aus und nickte leicht. Sie war ein hübsches Mädchen stellte er in diesem Augenblick fest. Allerdings hatte sie einen herben Zug um den Mund. Sie schien für ihr Alter schon zu viele unschöne Dinge erlebt zu haben.
"Wie groß wäre denn der Umweg, der nicht so auffällig wäre? Ich sollte ja wohl nicht den direkten Weg nehmen, wenn ich dich richtig verstanden habe?"
Mikaela nickte aufgeregt. "Das ist richtig. Ihr müsstet für den ersten Teil des Weges am besten die Nacht nutzen, damit ihr nicht so auffallt. Dann wüsste man nicht sofort wo Ihr herkommt!"
Hänsten war etwas erstaunt, über ihren doch recht durchdachten Plan.

"Dann wirst du mir wohl auch eine gute Beschreibung geben können", sagte er leicht lächelnd. Er war überzeugt, dass sie jetzt fortlief, doch sie blieb stehen und sah ihn durchdringend an. Es schien ihr aus irgendeinem Grund ernst zu sein! Dann hatte sie einen Entschluss gefasst.
"Ich werde euch den Weg morgen erklären, Herr!"
Sie eilte sofort aus seinem Zimmer, aber nicht ohne misstrauisch aus der Tür hin ausgespäht zu haben.
Hänsten hörte tatsächlich, wie sich leise eine andere Tür auf der Etage schloss.
Es konnte natürlich Zufall gewesen sein. Aber es wäre wohl besser, sich hier bei Torrestas nicht mehr allzu lange aufzuhalten.
Hänsten legte sich auf sein viel zu weiches Bett und dachte nach. Sein Blick ruhte auf den dunkelrot bemalten Deckenbalken.
Er fragte sich, ob es nicht besser wäre diesen Auftrag abzulehnen. Ein Pferd zu stehlen, war doch eher etwas für gewöhnliche Diebe!

Am nächsten Morgen traf er als erstes auf das Mädchen. Mikaela schien aufgeregt zu sein. Vielleicht hatte sie sogar auf ihn gewartet!
"Herr, wenn ihr auf dieser Straße dorthin reiten werdet, habt ihr keine Gelegenheit irgendetwas zu unternehmen! Bei einem Fremden vermuten die

Männer von Hargasses sofort, das ein weiterer Pferdedieb einen Versuch wagen will Tempestos zu stehlen!" Sie wies vage in eine Richtung aus der Stadt heraus.
Das war für Hänsten einleuchtend. Mikaela hatte ihn also nicht zufällig früh an seiner Zimmertür abgepasst. Sie wollte ihn warnen, aber aus welchem Grund?
"Wie oft wurde das denn schon versucht?"
Sie hob die Schultern und kaute an der Lippe. "Ich weiß nur von Vieren, die dort am Eingang von Hargasses Gestüt aufgehängt wurden."
Hänsten dachte in diesem Augenblick an seine Tochter, die gerade einmal ein knappes Jahr alt war. Er hoffte, dass sie auch einmal so ein mutiges Mädchen werden würde.
Er hatte sein Kind lediglich einmal bisher gesehen. Das hinterließ ein merkwürdiges Gefühl von Schuld bei ihm.
Auch Mikaela war irgendjemandes Tochter. Lebte ihre Familie hier in Stabecas?
"Also ist dieser Hengst tatsächlich so bekannt, wie Torrestas es behauptet hatte?"
Mikaela schien erstaunt darüber, dass er das in Zweifel zog.
"Tempestos hat Baron Hargasses schon viel Geld eingebracht. Er hatte damals nur deshalb sein Gestüt nicht an Torrestas verkaufen musste, als er kurz vor dem Bankrott stand! Das ist nun schon gut zwei, oder drei Jahre her."

"Also wollte er eigentlich das ganze Gestüt legal kaufen?"
Sie nickte zustimmend. Also fügte sich langsam das Bild zusammen. Er schien plötzlich zwischen zwei Malsteinen zu stehen.
Hänsten hatte im Augenblick nicht das Gefühl das er bei diesem Auftrag ungeschoren davon kommen würde. Er würde dann nur ein kleiner Spielstein zwischen zwei Parteien sein!

Das Gespräch

Der Baron ließ ihn am späten Vormittag rufen. Ohne Eile ließ Hänsten sich zu dessen Arbeitszimmer führen. Mikaela brachte ihn bis zur Tür und lief mit schnellen Schritten die Stufen wieder hinunter. Torrestas sah ihn erwartungsvoll an und lächelte dann beinahe entschuldigend. Er zeigte dabei seine weißen Zähne. Er achtet wohl sehr auf sein Aussehen, vermutet Hänsten. Torrestas war sicherlich eitel, aber das musste ja nichts Schlimmes bedeuten.
"Es wäre an der Zeit, dass du aufbrichst. Es wird in einigen Wochen das nächste Rennen in Belecapicas stattfinden. Ich bin der Meinung, dass ich vorher wieder im Besitz dieses prächtigen Hengstes sein sollte!"
Es hörte sich fast wie ein Rauswurf an.
Der Baron wartete auf eine Reaktion seines Gastes.

Hänsten nickte vage zustimmend. Die Zeit kam ihm jedoch sehr knapp vor. Dass er so schnell das Pferd stehlen würde, glaubte er nicht.
"Was schlagt Ihr vor, als was ich mich dort vorstellen sollte", frage Hänsten. Wenn dieser Hengst so bekannt war, würde wohl jeder sofort argwöhnisch sein bei einem Fremden.
"Als einfacher Landarbeiter. Du hast zu wenige Kenntnisse über diese Pferde und die Rennen, das würde sofort auffallen und du würdest bald am nächsten Galgen baumeln, wenn man dir bald auf die Schliche kommt!"
Das klang für Hänsten einleuchtend. Er hatte natürlich schon mit Pferden zu tun gehabt, wie wohl fast jeder auf dieser Seite der Welt, aber er würde sich nicht darin versteigen, deshalb ein Pferdekenner zu sein!
"Dazu wäre jetzt eine gute Gelegenheit. In einigen Wochen, nach dem Pferdemarkt, beginnen die Rennen in Belecapicas und Hargasses muss die Stecke von seinem Anwesen dorthin herrichten. In den starken Regenfällen vor einigen Wochen wurde alles weggeschwemmt, wie jedes Jahr. Es gibt dort jetzt viel Arbeit für die Vorbereitungen", erklärte der Baron. Er wischte sich etwas Staub von seinem rauen Reitanzug. Dann lehnte er sich langsam zurück und betrachtete Hänsten. Sicherlich ein wohlhabender Mann, doch Hänsten gefielen dessen großspurige Bewegungen nicht. Menschen solcher Art waren wenig vertrauenswürdig in seinen Augen. Aber wenn er

seinen geforderten Preis zahlen konnte, sollte ihm das egal sein!
"Vor den Rennen findet noch ein Pferdemarkt ebenfalls in Belecapicas statt. Das ist dort Tradition. Alles was hier in Terfoate Rang und Namen hat wird anwesend sein. Der Graf von Hargasses wird natürlich seinen edlen Zuchthengst dort nicht anbieten, aber er wird vor Ort sein. Das könnte eine gute Gelegenheit sein etwas zu unternehmen."
Hänsten überlegte, was der Baron ihm damit andeuten wollte. Was konnte er überhaupt unternehmen?
Sein Auftraggeber lächelte ihn aufmunternd an.
Hänsten nannte noch einmal seinen Preis, um dem Baron in Erinnerung zu rufen, dass er das nicht umsonst tun würde.
"Ich kenne natürlich deinen speziellen Ruf, Hänsten. Aber willst du nicht noch einmal über deinen Preis nachdenken?"
"Wollt Ihr nun diesen Hengst oder vertrödeln wir hier nur unsere Zeit mit Feilschen?"
Hänsten war nicht bereit seine Zeit mit diesem plötzlich wankelmütigen Kunden zu vertun.
Er stand langsam auf. Der pferdebesessene Edelmann hob beschwichtigend seine Hände mit den kräftigen Fingern.
"Ich sehe, ich habe es mit einem harten Geschäftspartner zu tun, aber sei es drum! Wenn du mir dieses Pferd bringst, werde ich dich mit Gold und Silber überschütten!" Er hob die Hand wie zum

Schwur. "Sonst werde ich mich nicht mehr Baron Torrestas nennen können!"
Hänsten hatte schon genug leere Schwüre in seinem Leben gehört, er konnte das nicht ernst nehmen. Das war nur Prahlerei in seinen Augen.
Der Baron schob ihm einen kleinen Lederbeutel über den Tisch.
"Das ist für die anstehenden Unkosten. Der Rest wartet auf dich, wenn das Pferd auf meinem Hof hier steht! Du musst nur die Straße geradeaus reiten, dann kommst du wohl Morgen gegen Mittag dort an."
Torrestas erhob sich und verabschiedete ihn mit einem kräftigen Händeschütteln. Dann verließ er das Zimmer.
Hänsten ging noch einmal die Treppe hinauf, um seine wenigen Sachen zusammenzupacken. Das würde nur wenig Zeit in Anspruch nehmen. Darin hatte er schon eine lange Routine. Mitten während seiner Vorbereitung drehte er sich ruckartig um. Seine Hand lag am Messergriff. Mikaela stand überraschend in der Tür und sah ihn mit einem unergründlichen Blick an.
Hänsten schüttelte den Kopf, so etwas sollte das Mädchen nicht tun! Doch sie hatte ein dringendes Anliegen an ihn.
"Herr, nimm nicht den Weg, den der Baron dir gesagt hat! Dort wird jeder Fremde für einen Pferdedieb gehalten! Du wärest nicht der Erste der dorthin reitet, um dieses Pferd zu stehlen!"
Hänsten nickte verstehend.

"Er hat mir keinen Weg empfohlen", erklärte er lächelnd, auch wenn das so nicht stimmte. Doch er wollte wissen, was das Mädchen ihm empfehlen würde. "Was wäre deiner Meinung nach der richtige Weg?"
"Du wendest dich hinter Stabecas an der großen Kreuzung nach rechts und nimmst den längeren aber etwas sicheren Weg. Es wird dich einen halben Tag mehr kosten. Aber dort wirst du nicht sofort auffallen. Dieser Weg führt auch nach Belecapicas, das ist eine große Stadt. Dorthin sind viele Menschen unterwegs!"
Dieser Vorschlag hatte einiges für sich. Das war auf jeden Fall unauffälliger, als geradewegs zu dem Gestüt zu reisen. Niemand würde ihm abnehmen dort zufällig anzukommen und Arbeit zu suchen.
Mikaela legte ihre schmale Hand auf seinen Arm.
"Auf halben Weg wirst du an einem kleinen Hof vorbeikommen. Er steht für sich allein. Würdest du meinem Vater einen Gruß überbringen?" Sie sah ihn ängstlich abwartend an. "Es ist ein halber Tagesritt, bis dorthin und noch mal ein halber Tag bis Belecapicas."
Hänsten war von ihrer Kühnheit überrascht, von einem ihr völlig fremden Mann diesen Dienst zu erbitten. Dann war sie doch nicht so uneigennützig, wie es anfangs ausgesehen hatte. Aber sei es drum.
"Er wird dir helfen. Er ist ein Schuldner von Torrestas, es ist Pachtland. Weil er seine Schulden nicht abzahlen konnte, nahm der Baron mich als Pfand, bis er seine

Schulden abgegolten hat." Das schien ihren Ton nach zu urteilen noch eine ganze Zeitlang zu dauern. Hänsten konnte ihrem flehenden Blick nicht ertragen und so nickte er schließlich. Er fühlte sich überrumpelt, doch er mochte die Verzweiflung in den Augen des Mädchens nicht sehen.

"Da arbeitet ein Junge auf dem Hof", sagte sie leise. Sie holte mit fahrigen Fingern eine dünne Kette hervor. "Kannst du sie ihm vielleicht geben?"

"Also ist er nicht dein Bruder", stellte Hänsten fest. "Er ist dir versprochen?" Sie gab ihm keine Antwort.

"Er wird dir helfen. Mit Pferden kennt er sich gut aus und hat auch schon einmal für ein paar Wochen auf dem Gestüt von Hargasses gearbeitet."

Hänsten seufzte. Wenn er noch eine Weile hier stehen blieb musste er wohl die ganze Familie und die Nachbarn retten. Aber einen ortskundigen Helfer konnte er nicht ohne weiteres ausschlagen.

Er hob die Hand zum Abschied und lief schnell die Treppe hinab.

Unten an der Tür angekommen stieß er auf eine alte Frau mit stechendem Blick.

"Hast du das Dienstmädchen gesehen", fragte sie schroff. Sie wartete seine Antwort nicht ab. "Sie hat dir sicherlich wieder etwas von ihrer Familie vorgeheult, wie sie das bei jedem Fremden macht!" Sie sah aus, als hätte sie etwas Unappetitliches im Mund.

Wortlos ging er an ihr vorbei.

"Hat sie dir wieder ihre herzerweichende Geschichte von ihrer Familie erzählt? Du solltest ihr nicht glauben", rief sie ihm noch hinterher und lachte hämisch.
"Das versucht sie bei jedem Fremden!"
Sie rief schrill nach Mikaela und stieg dabei langsam die Stufen hoch.

Der Pferdeknecht holte ihm sein Pferd und half ihm beim Satteln.
Hänsten bedanke sich bei dem Mann und winkte ihm zum Abschied. Es wurde Zeit hier zu verschwinden.
Im gemächlichen Tempo verließ er die Stadt. Er wollte dabei nicht auffallen.
Am Ausgang der Stadt bog er an der Abzweigung nach rechts ab, wie Mikaela es ihm geraten hatte.
Ein schier nicht enden wollender Weg lag vor ihm. Kein Baum am Wegesrand spendete ihm Schatten. Rechts und links waren nur einige Pflanzeninseln mit dunkelgrünen Gewächsen zu sehen. Schon der Anblick ließ ihn sein Pferd etwas antreiben. Vor ihm lagen nur leichte Erhebungen, die aus gebackenem Sand bestanden. Es war in seinen Augen eine trostlose Aussicht.
Dazu brannte die Sonne schon am frühen Morgen gnadenlos auf ihn herab. Der Schweiß lief ihm schon nach einigen Minuten den Rücken hinab.

Die Landschaft wurde stetig eintöniger. Unfruchtbarer bleicher Boden, auf dem hartblättrige Pflanzeninseln standen, war das einzige, das die Landschaft zu bieten hatte. Je weiter er sich seinem Ziel näherte, desto öder wurde es. Alles schien nur aus staubigen Sand zu bestehen. Er konnte keine fruchtbare Oase in der Weite erkennen. Bei jeder leichten Brise, fühlte er die Sandkörner wie kleine Nadeln auf seinem Gesicht. Der Regen, von dem Torrestas gesprochen hatte, musste schon vor sehr langer Zeit niedergegangen sein.
Da er keine Vorstellung hatte, wie lange er brauchen würde, um das Anwesen von dem anderen Edelmann zu erreichen, machte er auch mehrere Pausen.
Er lenkte sein Pferd zu den kleinen Pflanzeninseln, die nicht einmal Schatten für den Reisenden boten.
Später konnte er wenigstens vertrocknete Felder sehen. Hänsten vermochte sich nicht vorstellen, was dort gedeihen konnte.

Reiter

Nach einigen Stunden sah Hänsten drei Reiter auf sich zu kommen. Vielleicht wollten sie vor der Mittagshitze noch Stabecas erreichen. Doch das erwies sich als Irrtum. Als sie ihn wahrnahmen erhöhten sie ihr Tempo zum Galopp. Im günstigsten Fall wollten sie ihm nur etwas Angst machen.
Sein Pferd wurde unruhig und schnaubte aufgeregt.

Hänsten nahm sein Langmesser vorsorglich zur Hand. Er verbarg es jedoch in seinem Ärmel.
Vielleicht wollten sie ihn ja nur beeindrucken. Aber die Drei zu Eins Konstellation hatte sie vielleicht ermutigt, ihm etwas auf den Zahn zu fühlen. Im günstigsten Fall würden sie, wenn sie konnten, ihm dann nur seine Zahlungsmittel abnehmen wollen. Seine Erfahrung sagte ihm, dass es in dieser einsamen Landschaft auch schlecht für ihn enden konnte. Doch er hatte keine Angst, er musste nur abwarten und dann entsprechend reagieren.
Sie waren schnell in Rufweite und schrien etwas, was er nicht verstand.
Nur zwei Pferdelängen vor ihm brachten sie ihre Pferde gekonnt zum Stehen. Sie berieten sich kurz und näherten sich langsam von zwei Seiten.
"Was tust du hier Fremder", wurde Hänsten in einem Dialekt gefragt, den er kaum verstand.
Wahrscheinlich war es ohnehin egal, was er antwortete.
"Hey, unser Vorarbeiter hat dich etwas gefragt!"
Der kleinere Reiter holte eine Ochsenpeitsche hervor und entrollte sie mit einer lässigen Handbewegung. Er zeigte beim Lächeln seine schlechten Zähne.
Hänsten sträubten sich die Nackenhaare.
Es war eine alte Allergie, die er von Kindesbeinen an hatte, wenn er so eine Peitsche sah.
Er wurde als Junge oft ausgepeitscht, von jenen, die sich an ihm für das rächen wollten, was sein Vater

ihnen angetan hatte. Seinen Vater fanden sie nie zu Haus vor, wenn sie ihn suchen kamen. Also waren er und seine Mutter fast immer die Opfer, für dessen Taten. Danach wurde das Haus beinahe jedes Mal verwüstet.
Es kam der Tag, an dem Hänsten das nicht mehr hinnahm. Er konnte schließlich nichts dafür, dass sein Vater ein Assassine war.
Einmal war der Hausherr doch anwesend. Das war der Tag, an dem keiner der Angreifer überlebte und die Familie über Nacht in die Ferne ziehen musste. Dorthin wo sie niemand kannte. Später zogen sie noch oft um. Für den jungen Hänsten war das der Zeitpunkt, an dem er sich von seinem Vater die Künste der Assassinen beibringen ließ. Er wollte sich wehren können.
Erst Jahre später erfuhr er, wie bekannt sein Vater unter Freund und Feind gewesen war. Doch auch ihn ereilte schließlich der Tod. Wie jeden dieser Gilde.
Die Reiter wurden instinktiv vorsichtiger, als sich Hänsten nicht vom Fleck rührte und ihnen mit finsterer Miene entgegensah.
"Du siehst aus wie ein Pferdedieb", erklärte der Anführer der Reiter und verzog sein Gesicht vor Abscheu. Seine Begleiter nickten langsam, wie zur Bekräftigung dieser Anschuldigung.
"Wie kommst du darauf?" Hänsten sah dem Mann direkt an, gleichzeitig schloss sich seine Hand um ein Wurfmesser hinten im Gürtel.

Der Sprecher fühlte sich aber mit seinem Begleiter sicher und fuhr fort.
"Ich wette dich hat Torrestas geschickt, so wie die anderen vor dir auch! Den letzten hat Hargasses erst vor zwei Wochen hängen lassen. Dir wird es genauso gehen, denn so machen die das dort mit Leuten wie dir! Unser lieber Baron wird einfach nicht schlau, da hilft alles nichts. Dieser Gaul hat ihm den Kopf verdreht! Dafür mussten schon viele Männer ihr Leben lassen!"
Die drei Reiter lachten böse.
"Aber geh nur, wir werden in ein paar Tagen kommen und deinen Kadaver vom Galgen schneiden, dann muss Torrestas wieder einen neuen Mann schicken!"
Die Peitsche wurde wieder zusammengerollt und sie gaben ihren Pferden die Sporen. Die Reiter jagten zurück in die Richtung, aus der er gekommen war. Helden waren das nicht gewesen, aber Hänsten musste feststellen, dass dieser Weg auch nicht weniger gefährlich war, als der Direkte. Aber vielleicht hätten auf dem anderen Weg die Männer sofort kurzen Prozess mit ihm gemacht! Oder es jedenfalls versucht.
Hänsten atmete tief durch und folgte dem Weg weiter. Aufmerksam sah er sich um.
Aber er musste nun bald auf das Gehöft stoßen, das ihm das Zimmermädchen so ans Herz gelegt hatte. Er hatte noch genügend Zeit, seine Pläne zu überdenken. Er war sich nicht sicher ob er diesen Auftrag weiter verfolgen sollte. Die bisherigen Umstände

entwickelten sich, seiner Ansicht nach, nicht in die richtige Richtung.
Es dauert doch länger, als er vermutet hatte, ehe er einige Farmhäuser in weiter Ferne sah. Die karge Landschaft schien unter dem erbarmungslosen Licht der Sonne zu glühen.
Neben dem Weg zogen sich fast verschüttete Bewässerungsgräben entlang. Sie waren schon vor längerer Zeit aufgegeben worden. Auf dem gebackenen, gelblichen Boden wuchs fast gar nichts. Er konnte nur noch sehr vereinzelt einige dunkelgrüne Büsche sehen. Eine Windhose bewegte sich wie ein Lebewesen in der Ferne über die ausgedörrten Hügel, um dann wieder zusammenzufallen.
Hänsten war nun nicht mehr so zuversichtlich, wie bei seinem Aufbruch am Morgen. Es würde ein schwieriger Auftrag werden. Dazu schien ihm das Land hier feindlich gesinnt zu sein.
Der Weg schien bis zu den Behausungen schien kein Ende zu nehmen. Hänsten hatte schon beinahe den Gedanken aufgegeben, diese Nacht in einem Haus zu übernachten. Um ihn herum war weiterhin nichts als Sand. Die wenigen halb verdorrten Pflanzen konnte man getrost übergehen. Er begann gerade mit dem Gedanken zu spielen umzukehren, als in diesem Augenblick endlich die an den Boden geschmiegten Gebäude in greifbare Nähe rückten.
Einige Minuten später erkannte er ein kleines Gehöft. Um diese Farm befand sich sogar ein paar Stücken fast

verdorrten Rasens. Das war zu diesem Zeitpunkt trotzdem ein sehr erfreulicher Anblick und für die kommende Nacht besser als gar nichts!
Es musste das von den Zimmermädchen beschriebene Anwesen sein, so hoffte er jedenfalls inständig! Er wollte dringend von seinem Pferd steigen und sich mit Wasser übergießen. Etwas Schöneres konnte sich der Mann für spezielle Fälle im Augenblick nicht vorstellen.
Ein älterer Mann sah ihm schon von weitem geduldig entgegen. Er stand unter einem Vordach und hielt sich an einem derben Stock fest. Es sah aus, als würde er dort immer so stehen.
Hänsten zügelte sein Pferd auf der Höhe des Alten und grüßte ihn höflich. Er wollte nach einem Schluck Wasser fragen.
"Ihr seid nicht aus der Gegend", stellte der Alte fest und nickte ihm zu. Hänsten sagte dazu nichts.
"Wollt ihr hier rasten? Ihr könntet sicherlich eine Erfrischung gebrauchen."
Hänsten nahm dieses Angebot an und stieg rasch vom Pferd. Ein junger Mann kam sogleich hinter dem Haus hervor und führte sein Pferd zum Tränken.
"Ihr kommt sicherlich aus Stabecas. Was gibt es dort Neues?"
"Ich habe nur eine Nacht dort verbracht, ich kann euch keine Neuigkeiten erzählen."
Der Alte sah etwas enttäuscht aus. Er betrachtete den durchgeschwitzten Hänsten eingehend. Er schien sich so seine Gedanken über den Fremden zu machen.

"Wollt ihr auf Hargasses Anwesen Arbeit suchen? Zu dieser Zeit nimmt der Graf immer jeden Mann, den er finden kann. In ein paar Wochen findet in Belecapicas wieder der jährliche Pferdemarkt statt und später wird dort auch das berühmte Rennen ausgetragen. Da braucht er dann immer viele Leute zusätzlich, um alles herzurichten."
"Was ist das für ein Rennen?" Hänsten fühlte sich irgendwie durchschaut.
"Ihr müsst wirklich von weit herkommen, wenn ihr noch nichts von den berühmten Pferderennen in Belecapicas gehört habt", stellte der Alte belustigt fest.
Hinter dem Haus kam der junge Knecht wieder hervor. Misstrauisch näherte er sich. Er hatte das Gespräch offensichtlich mitgehört, denn er sah Hänsten verwundert an. Dieser Fremde musste von der anderen Seite der Welt kommen, wenn er noch nichts von dem Rennen gehört hatte!
"Ich komme aus einer Gegend wo Pferde zum Arbeiten da sind und nicht um im Kreis zu rennen", erklärte Hänsten, als er in die fragenden Gesichter sah.
Hänsten wartete ab, was der Alte erwidern würde.
"Dann seit ihr sicherlich glücklicher als wir hier in Terfoate. Diese Rennen haben schon viele gestandene Männer um Haus und Hof gebracht, das müsst ihr mir glauben! Ich gehöre leider auch dazu. Es fehlt nicht mehr viel und ich verliere deshalb noch den kümmerlichen Rest meines Hofes!" Er zeigte kurz hinter sich.

"Warum lasst ihr das nicht sein, wenn ihr schon so klar bei Verstand seid, um das zu erkennen?"
"Niemand kann über seinen Schatten springen junger Mann! Aber kommt herein und erfrischt euch etwas. Erzählt uns etwas aus der großen, weiten Welt!"
Dieser Aufforderung kam Hänsten sofort nach. Es war kaum auszuhalten in der Sonne. Seine Sachen klebten an seinem Körper.
Er setzte sich zufrieden stöhnend auf den angebotenen Stuhl unter dem Dach. So sah das Leben gleich um einiges angenehmer aus!
Hänsten genoss den Schatten unter dem Vordach und hatte nun Muße sich umzusehen. Das Gehöft schien nicht sonderlich groß zu sein. Er hatte hinter dem Haus einige Gatter und einen Stall gesehen. Hier wurde man sicherlich nicht reich!
Der junge Knecht kam neugierig näher und musterte den Gast eingehend.
"Ihr seid doch sicherlich auf die Reiter von Hargasses gestoßen", fragte er schließlich. Hänsten nickte nur leicht zur Antwort. Von wem sie kamen, konnte er nicht wissen, aber das spielte keine Rolle.
"Es ist schon erstaunlich, dass sie euch nichts angetan haben", sagte der Junge und sah auf die Waffen an Hänstens Gürtel. "Ihr seid doch sicherlich ein Söldner?"
Hänsten verneinte energisch. "Ich komme nur weit herum und möchte mich verteidigen können", sagte er, obwohl er wusste, dass der junge Knecht ihm das nicht abnehmen würde.

Er bekam einen Teller mit ein wenig aufgewärmten Grünzeug hingestellt und dazu eine Karaffe mit angenehm kalten Brunnenwasser.
Hänsten sah die beiden scharf an. Er hatte sich gerade an den Auftrag des Mädchens erinnert. Er wollte es wagen.
"Ich soll euch von Mikaela grüßen", sagte er und wartete gespannt ab, wie sie es aufnahmen.
„Du bist ein Mann Torrestas und willst Schulden eintreiben“, rief der Hausherr plötzlich aufbracht. Er war aufgesprungen und hatte ein Küchenmesser in der Hand. Hänsten hob beschwichtigend die Hände.
"Das solltet ihr nicht tun", sagte er ruhig. Umständlich holte er die Kette des Mädchens hervor. Dabei behielt er das Küchenmesser im Auge.
"Das soll ich einem jungen Mann geben, der Pietro heißt", sagte er den Knecht anschauend. "Von Mikaela", fügte er noch hinzu.
Er hielt dem Jungen auffordernd die Kette hin, denn der konnte wohl nur der Adressat sein. "Du bist doch sicherlich Pietro?"
Gebannt stand der Junge da und starrte wie hypnotisiert auf das bescheidene Schmuckstück. Schließlich nickte er, nachdem die Frage zu ihm durchgedrungen war. Er getraute sich jedoch nicht die Kette zu nehmen. Hänsten legte sie demonstrativ auf den Tisch.
Resignierend setzte der Alte sich wieder an den Tisch und legte das Messer wieder weg. Nervös spielte er

mit den Händen auf dem Tisch. Hänsten schob dem Jungen die Kette zur Tischkante hin.
Eilig steckte der sie schließlich ein.
"Wie geht es ihr?"
"Sie hofft, dass ihr irgendwann eure Schulden abgezahlt habt. Sie will endlich wieder nach Haus." Die Erinnerung an seine Schuld bei Torrestas ließ die Laune der Hausherren sinken. Er starrte deprimiert auf den Tisch.
"Ich glaube, ich werde sie nie wieder sehen", sagte Mikaelas Vater schließlich dumpf. "Ich bin an allem schuld! Ich habe zu oft gewettet!"
"Das darfst du nicht sagen", rief der Junge aufgebracht. Natürlich wollte er sein Mädchen zurück haben.
"Mikaela sagte, der junge Mann kann mir helfen. Ich habe eigentlich wenig Ahnung von Rennpferden", gestand Hänsten kurz darauf freimütig. Der Junge sah ihn entsetzt an. Das konnte er nicht verstehen. Hier verstand jeder etwas von Pferden!
"Aber Herr, als erstes müsst ihr euch vor allem andere Sachen anziehen! Ihr seht viel zu vornehm aus für einen Tagelöhner!"
Diesen Einwand sah Hänsten ein, auch wenn es ihm nicht gefiel. Er hatte lange gebraucht, um seinen jetzigen Lebensstandard aufzubauen. Doch um der Sache willen musste er sich verkleiden, da gab er dem Jungen völlig Recht.

"Was schlägst du vor?" Er sah im Augenblick allerdings keine Möglichkeit sich alte, abgetragene Sachen zu verschaffen. Der Hausherr stand auf.
"Ich werde nachsehen, ob von meinem Bruder noch etwas auf dem Dachboden liegt", sagte er. Langsam erhob er sich und ging hinaus, um eine Leiter zu holen.
Die Frau des Hauses war irgendwo in einem Nebenzimmer beschäftigt gewesen. In diesem Augenblick kam sie zur Tür herein.
Sie hatte Hänsten noch gar nicht bemerkt, als sie schon aufgeregt anfing zu berichten, das einige von Hargasses Leuten gerade durchgekommen waren und mit ihre Peitschen geschwungen hatten. Sie vermuteten, dass sie nach Torrestas` Männer Ausschau hielten.
Dann fiel ihr Blick auf Hänsten und erbleichte.
"Will uns der Baron nun das Haus wegnehmen?" Sie sah die Männer im Raum forschend an. Sie hielt wohl Hänsten wohl für einen Schuldeneintreiber Torrestas. Daraus konnte Hänsten entnehmen, dass sie wohl inzwischen völlig mittellos waren. Er wusste nicht, was er davon halten sollte. Ihr Mann schüttelte den Kopf und sah betrübt auf den leeren Tisch.
"Er soll Hargasses den Hengst stehlen", erklärte der Junge freudlos. Es war herauszuhören, dass dies nicht das erste Mal versucht wurde.
"Oh, nehmen sie mir es nicht übel, junger Mann", entschuldigte sich die Frau. "Aber wir warten jeden Tag auf die Schuldeneintreiber von Torrestas."

"Ich werde euch jedenfalls nicht das Haus nehmen, mein Wort drauf", sagte Hänsten, dem dieser Gedanke irgendwie peinlich war.
Mikaelas Vater erhob sich und holte eine Leiter. Er stellte sie an eine Dachluke und kletterte ächzend zum Dachboden hinauf, um dort alte Sachen für Hänsten zu suchen. Vorher musste er natürlich seiner Frau erklären, wozu das gut sein sollte. Sie war aufgeregt, als sie erfuhr, dass Hänsten mit Mikaela gesprochen hatte.
Natürlich wollte sie alles genau wissen, was sich bei dem Baron abspielt hatte. Hänsten erzählte ihr nur, das ihre Tochter wieder nach Haus wollte.
Als der Hausherr später wieder ächzend mit einem Bündel Sachen in der Hand die Leiter hinabstieg erklärte er, "deine Sachen müssen wir irgendwo hinten im Mais vergraben. Die Männer von Torrestas und Hargasses kommen nach Belieben und durchwühlen das Haus!"
Das leuchtete Hänsten ein, auch wenn ihm das nicht gefiel.
Nach der Anprobe, die eine ganze Zeitlang benötigte, vergrub er sein Bündel im Maisfeld hinter dem Stall kurz bevor die Sonne hinter den Hügeln völlig verschwand.
"Wenn Hargasses oder Torrestas das erfahren, wird uns das Dach über dem Kopf angezündet", murmelte die Frau des Hauses leise.

"Ach Frau, du übertreibst wie immer", rief ihr Mann. "Wenn dieser Mann Erfolg haben sollte, wird endlich dieser Fluch von unserem Land genommen! Es wird wieder Ruhe eintreten und wir alle können wieder normal leben!"
"Wieso das", fragte Hänsten interessiert.
"Der Graf Hargasses benimmt sich wie ein König, seitdem er mit dem Hengst so viel Geld gewonnen hat. Er nimmt den kleinen Landbesitzern die Arbeiter weg und diktiert uns die Preise für unsere Arbeit. Das war früher nicht so. Damals hat er sich um das Land hier gekümmert und den Leuten geholfen. Er hat die Bewässerungsgräben instand gehalten und auf die Brunnen ein Auge gehabt. Jetzt dreht sich alles nur noch um diesen verfluchten Hengst. Die Angst um das Pferd hat ihn wohl wahnsinnig werden lassen!"
Pietro nickte zustimmend.
Hänsten zog nun unter den kritischen Augen der Familie die alten Sachen an. Der Geruch den sie verströmten, gefiel ihm gar nicht. Überall hatte er noch etwas feinen Sand in den Taschen. Aber er hatte einen Auftrag zu erfüllen, da durfte so etwas keine Rolle spielen!
Die Frau lächelte jetzt zufrieden.
"Jetzt seht ihr schon eher wie ein Landmann aus, Herr!"
"Er muss sich noch ein paar Stoppeln stehen lassen", murmelte der Vater. "Am besten er kürzt seinen Bart."

Damit war Hänsten nun gar nicht einverstanden. Für alles gab es eine Grenze!
"Er muss vor allem lernen, wie wir hier reiten", rief Pietro. "Ich hab ihn kommen sehen, so reitet keiner aus dieser Gegend! Und vor allem reitet so keiner, der mit Pferden umgehen kann!" Er grinste den Gast wissend an.
"Sei nicht so frech zu unserem Gast, Pietro", schallt ihn die Frau des Hauses.
Hänsten bildete sich zwar ein, ausreichend gut reiten zu können, aber er wollte trotzdem sehen, was der Junge zu bieten hatte.
Sie standen vom Tisch auf und gingen um das Haus herum zu der Stallung. Daneben befanden sich zwei Koppeln.
Die Pferde drehten ihre Köpfe, als sie den stickigen Stall betraten und sahen ihnen apathisch entgegen. Pietro rief einen alten Hengst herbei, den er Sabiano nannte. Fast augenblicklich kam er dem Jungen entgegen. Es sah aus, als hätte er schon auf Pietro gewartet.
Der Junge klopfte dem Hengst auf den Hals und sprang leichtfüßig auf den Rücken des Pferdes. Vor dem Tor trieb er das Tier an. Hänsten stand schnell in einer Staubwolke und hatte wenig von dem gesehen, was der Junge ihm zeigen wollte.
Mit einem überlegenen Lächeln auf dem Gesicht sprang Pietro nach einigen schnellen Runden vom Pferd.

Hänsten ging gelassen zu dem Pferd und setzte sich in den Sattel. Pietro kam sofort hinterher und bemängelte seine Sitzhaltung. Hänsten knurrte ihn mürrisch an.
Schließlich saß er schon von Kindesbeinen an auf Pferderücken. Doch Pietro redete unbeirrt auf ihn ein, bis er die entsprechende Haltung eingenommen hatte. Dann trieb Hänsten den Hengst an. Etwas störrisch lief das Tier los. Sabiano spürte den Fremden auf seinem Rücken und war damit ihm nicht einverstanden.
"Ich werde dir den richtigen Sattel nachher bringen, aber erst muss dich der alte Sabiano akzeptieren."
Hänsten drehte nun einigen Runden in der Koppel.
Der Junge winkte ab.
"Man sieht auf den ersten Blick, dass du nur normale Pferde reitest!"
"Was kann ich dagegen tun?"
Der Junge lachte. "Wie einer von uns reiten!" Er hielt das wohl für einen guten Witz.
Hänsten musste sich zu mehr Nachsicht mit dem Jungen ermahnen. Er wollte ihn sicherlich ein wenig ärgern.
Der Alte sah ihnen eine Weile von weitem zu und lief dann kopfschüttelnd zurück in den Schatten seines Hauses. Er war wohl nicht so begeistert von diesem Vorhaben.
Hänsten ließ sich nicht entmutigen und ritt eine ganze Zeitlang im Kreis. Schließlich begann die Sonne hinter

den fernen Hügeln zu versinken. Es wurde schlagartig kühler.
Die beiden wurden von der Frau des Hauses später zum Essen geholt.
Sabiano wurde wieder zu seinem Stall gebracht, dann wuschen sie sich.
Pietro setzte sich an den Tisch und bedeutete Hänsten sich neben ihn zu setzen.
Abwartend sahen ihnen die Landleute an, als sie am Tisch saßen.
Es schwamm nur eine dünne Gemüsesuppe in dem Teller. Unschlüssig rührte Hänsten mit dem Holzlöffel darin herum. Er wollte seine Gastgeber natürlich nicht beleidigen.
Doch schließlich stand er auf und ging zu seinen Reisesack. Das war kein Essen für ihn!
Er hatte Speck und einiges Trockenfleisch dabei.
Stumm legte er die sorgsam eingepackten Päckchen auf den Tisch. Er wickelte das Fleisch langsam aus und nickte den Leuten aufmunternd zu.
"Das können wir nicht annehmen", erklärte der Herr des Hauses leise.
"Ich lade euch ein. Ihr könnt es ruhig annehmen, oder wollt ihr mich beleidigen?" Er lächelte seinem Gastgebern aufmunternd zu.
Das war ihnen Aufforderung genug und sie griffen herzhaft zu.
Sein Gastgeber hatte noch eine Warnung parat.

"Ich muss Euch noch vor den Schlangen hier warnen. Wir haben hier überall Vipern. Ich weiß schon immer vorher, wo sie sich verstecken, um zu schlafen. Aber Ihr seid neu hier im Land, wenn ich mich nicht irre. Wenn Ihr die Nacht im Freien verbringen solltet, spüren sie Eure Körperwärme schon von sehr weit! Also seit immer auf der Hut!" Er hatte von diesen Vipern schon gehört, doch die Warnung zeigte ihm, wie wichtig es hier war, sich vorzusehen.
Hänsten dankte dem Mann. Er hatte zwar nicht vor, im Freien zu schlafen, aber man konnte nie wissen, was der nächste Tag brachte.
Am späten Nachmittag nahm er weiteren Reitunterricht bei Pietro. Es war nun auch nicht mehr so heiß.
Es schien dem Jungen viel Spaß zu bereiten den Fremden herum zu scheuchen. Er fragte Hänsten nebenbei nach fremden Städten und Meeren aus. Er war noch nie aus der Einöde von Terfoate heraus gekommen. Das wäre für Hänsten ein Alptraum. Er wollte schon von Kindesbeinen an in die Welt hinausziehen und jeden Stein umdrehen, um alle Geheimnisse zu entdecken. In seinen Augen saß Pietro in einem Kerker. Zwar einem sehr großen, aber es war ein Kerker.
Der Reitunterricht erwies sich als nicht leicht. Der Junge hatte ständig etwas an ihm auszusetzen, doch Hänsten versuchte alles zur Zufriedenheit des Jungen

zu tun. Dafür musste er aber viel Geduld und Gleichmut aufbringen.
Als die Sonne hinter den Sandhügeln langsam versank sah Pietro schon etwas zufriedener aus. Hänsten saß nicht mehr so "ausländisch" steif auf dem alten Pferd.
"Ich habe Hoffnung", erklärte der Junge am Abend, als sie sich wieder bei Tisch einfanden. Mikaelas Vater nickte und sah Hänsten fragend an. Er schien irgendeine Erklärung zu erwarten. Vielleicht wollte er wissen warum Hänsten sich das alles antat. Doch der war der Meinung, dass diese Menschen hier das nicht verstehen würden. Wie sollte er ihnen erklären, was er für richtig und wichtig hielt? Also blieb er stumm.
Hänsten stellte fest, dass die Sonne von einer Sekunde zur anderen hinter dem Horizont verschwand.
"Ihr wollt das wirklich auf euch nehmen, Herr?" Die Frau des Hauses sah ihn ebenfalls mit Unverständnis an.
"So verdiene ich mein Geld", erwidert Hänsten knapp. Sicherlich würde er jetzt sein Unternehmen zu Ende führen. Er würde höchstens noch einen Tag hierbleiben, um sich einzugewöhnen und dann weiterziehen.
Pietro sah ihn wehmütig an. Der junge Mann würde nicht so schnell hier wegkommen, vielleicht sogar niemals. Dabei lockte die Welt auch ihn, wie jeden anderen jungen Menschen auf dieser Seite der Welt.
Der Abend verlief ruhig, der Hausherr erzählte aus seinem Leben und Hänsten hütete sich, etwas aus

seiner Vergangenheit zu berichten. Er gab nur einige belanglose Anekdoten zum Besten.
Später, es war schon beinahe Dunkel, erschienen einige Reiter und schlugen mit den Fäusten nachdrücklich gegen die Tür. Sie fragten nach Fremden in der Gegend. Es mussten Männer von Hargasses sein. Vielleicht waren die Reiter zu dem Grafen zurückgekehrt und hatte von einem fremden Mann berichtet.
Der Hausherr hob die Schultern, sie hatten hier niemanden bemerkt.
Hänsten verfolgte das vom Dachboden herunter. Er hatte seine Messer neben sich zu liegen, um sofort eingreifen zu können.
Die Frau hatte ihm zugeflüstert, dass Hargasses Leute auch ihr Haus hin und wieder durchsuchten, wenn ihnen gerade so war.
Die Männer benahmen sich wie Wilde. Sie stießen den Tisch um und warfen alles was sie fanden durcheinander. Dabei brüllten sie wie Verrückte.
Hänsten atmete in seinem Versteck langsam und ruhig. Er wollte sich in nichts hineinziehen lassen, was ihm aber gerade jetzt schwerfiel.
Er nahm sich vor, gleich am nächsten Morgen weiterzuziehen. Hier konnte er nicht bleiben. Er wollte seinem Gastgeber mit seiner Anwesenheit nicht noch weitere Problem aufbürden,
Es verging eine Ewigkeit, bis sich die Kerle ausgetobt hatten und zufrieden mit ihrem Werk wieder abzogen.

Sie hinterließen ein verwüstetes Haus und eine weinende Frau.
Der Hausherr sah ihnen mit bekümmerter Mine stumm hinterher, wie sie in der Dunkelheit verschwanden. Seine alte knöcherne Hand umfassten den Knüppel bis die Knöchel weiß wurden, doch er hatte ihn nicht benutzt.
Was sollte er gegen diese Männer auch unternehmen? Er war allein mit einer Frau. Das nächste Gehöft war eine halbe Stunde mit dem Pferd entfernt. Und auch die Familie dort würde es sich nicht mit den Männern des Grafen Hargasses verscherzen wollen.

Hänsten war mit den ersten Sonnenstrahlen auf den Beinen.
Er zog sich mit einiger Überwindung die fremden Kleider an. Er musste sich widerwillig an sie gewöhnen. Sie rochen nach Schweiß und waren staubig. Das gefiel ihm zwar nicht, war aber sicherlich eine gute Tarnung. Am noch relativ kühlen Vormittag übte er weiter mit Pietro. Der Junge bestätigte ihm, dass er Fortschritte machte.
Am Mittagstisch teilte er seinen Gastgebern mit, dass er am nächsten Morgen weiterziehen wollte.
Pietro war entschieden dagegen, das Hänsten schon so bald aufbrechen wollte.
Er war nicht überzeugt, dass Hänsten mit seinen Reitkünsten einen erfahrenen Reiter aus Terfoate

irgendwie beeindrucken konnte. Doch Hänsten erwiderte etwas entnervt, das er ja dort nicht hinging, um jemanden mit seinen Reitkünsten zu beeindrucken. Er wollte niemandem dort vorreiten, sondern sollte sich als Wanderarbeiter ausgeben!
Am Nachmittag rannte Pietro wieder zu Hänsten, um ihn von seinem Vorhaben abzubringen. Mikaelas Vater sah ihm kopfschüttelnd hinterher. Er wusste, dass der Fremde sich nicht von seinem Vorhaben abbringen ließ.
Aber er beobachtete interessiert mit welcher Hingabe Pietro diesem Mann das richtige Reiten beibringen wollte.
Der alte Mann kam zu dem Schluss, das Hänsten am nächsten Tag noch gar nicht in der Lage sein würde, vor Einheimischen überzeugend zu reiten! Schon gar nicht vor Hargasses Leuten!
Hänsten wollte darüber mit niemanden diskutieren. Er hatte seinen Plan und weder der Junge, noch sein Gastgeber würde ihn davon abbringen.
Er ritt vor dem Abendessen noch einige Runden im Licht der untergehenden Sonne, das musste als Vorbereitung genügen!
Das Abendbrot verlief stumm. Alle sahen auf ihren Holzteller und waren bemüht, Hänsten nicht anzusehen.
Sie verabredeten noch, dass der Junge Hänstens Sachen in zwei Wochen zu dem Bruder von Mikaelas Vater, der am Rande von Stabecas wohnte, bringen

sollte. Der würde sicherlich nichts dagegen haben, sie einige Zeitlang aufzubewahren. Dort konnte dann Hänsten nach getaner Arbeit seine Sachen schnell zurückbekommen, vorausgesetzt alles verlief wie vorgesehen.

Aufbruch

Im Morgengrauen des nächsten Tages sattelte er sein Pferd und zog die abgetragenen Sachen widerwillig an. Die Luft war zu dieser Zeit noch angenehm kühl. Etwas Dunst lag über dem rissigen, trockenen Boden, darin verschwammen die wenigen grünen Flecken in der Ferne. Sie wirkten auf Hänsten unwirklich.
Der Hausherr hatte sich zu ihm gesellt und sah ihm stumm bei seinen Vorbereitungen zu.
Hänsten steckte ihm noch ein Silberstück zu und stieg auf sein Pferd. Der alte Mann wollte das Silber nicht annehmen und streckte es ihm wieder entgegen. Gleichmütig sah Hänsten darüber hinweg.
Der Alte hatte ihm erklärt, dass er kurz bevor er Belecapicas erreichte, an einer Weggabelung nach links abbiegen musste, um das Anwesen von Graf Hargasses zu erreichen. Der Weg konnte aber auch für einen Fremden kaum verfehlt werden, denn der Graf hatte dort ein großes Schild hingestellt.
Ohne sich umzudrehen entfernte Hänsten sich gemächlich, um sein Pferd zu schonen. Er lauschte in sich, um festzustellen ob irgendwo in ihm Unruhe

verborgen war. Dieser Auftrag würde nicht einfach werden, das war ihm klar. Doch er musste ihn mit der gleichen Gelassenheit wie immer ausführen.
Er überlegte später, ob es klug wäre auf dem Rückweg auch diese Route zu nehmen. Der Rückweg würde eine Flucht sein, bei der er sicherlich viele Verfolger hinter sich haben würde die ihn gnadenlos jagten.
Ausschließen wollte er diese Möglichkeit nicht, doch es war sicherlich nicht der beste Weg zurück nach Stabecas.
Je näher er seinem Ziel kam, desto besser wurde der Weg. Er konnte sogar im Schatten einiger Pinien pausieren, als er gegen Mittag hungrig wurde und sein Pferd tränken wollte.
Er beobachtete dabei ein Stück vor sich Männer, die an einem Fuhrwerk herumwerkelten. Sie schienen ärgerlich zu sein. Immer wieder riefen sie sich Flüche und Schmähungen zu.
Ein Rad war gebrochen und es gelang ihnen nicht, das Rad von der Achse zu bekommen.
Sie ließen aber sofort von ihrer Arbeit ab, als sie ihn schließlich bemerkten. Die Unterbrechung schien willkommen zu sein. Sie kamen ihm entgegen und sahen ihn unfreundlich an. Sie waren durchgeschwitzt und übellaunig. Sie stellten sich demonstrativ einige Schritte vor ihm auf den Weg.
Hänsten würde nicht ohne weiteres an ihnen vorbei kommen. Vielleicht wollten sie ihn ausrauben oder auch verprügeln.

Hänsten war der Meinung ziemlich nahe vor seinem Ziel zu sein. Doch in der gleißende Sonne konnte er die Kreuzung noch nicht ausmachen. Es gab hier immerhin einige traurige Maisanpflanzungen.
Vielleicht waren das sogar Leute des Grafen Hargasses. Er durfte sich also auf nichts einlassen. Am einfachsten würde es sein, den Fremden zu spielen, der sich verirrt hatte und nicht wusste wo er sich befand.
"Hey Kerl, was willst du hier", fragte ihn ein großer Mann, wahrscheinlich der Vorarbeiter, mit tiefer Stimme. "Du bist keiner von hier, darauf wette ich einen Monatslohn!" Der Sprecher war eine stattliche Erscheinung, jemand an dem man nicht achtlos vorübergehen sollte.
"Du hast recht, ich suche Arbeit", erklärte Hänsten und bemühte sich nicht allzu fremd zu klingen. Doch zweifellos würden sie sofort erkennen, dass er nicht aus der Gegend stammte. "Ich bin wohl etwas vom Weg abgekommen. Ich habe gehört, dass Graf Hargasses Arbeiter sucht. Ist das der richtige Weg zu seinem Anwesen?"
Er sah den Männern an, dass sie ihm das nicht glaubten. Er schien nicht der richtige Typ für einen Tagelöhner zu sein. Sie waren also durchaus nicht dumm.
"Was kannst du denn alles, außer alte Frauen überfallen?" Ein kleiner Mann stellte sich dich vor Hänsten.
Damit sollte er wohl aus der Reserve gelockt werden.

"Alles was ihr wollt!"
"Und woher kommst du", wurde er gleich darauf gefragt.
Hänsten zeigte vage hinter sich.
"Aus Turmstadt", sagte er und hoffte, dass von diesen Männern nicht auch jemand von dort kam.
"Ist das nicht am Meer?"
Hänsten nickte zustimmend.
"Das ist aber ein weiter Weg bis hierher", stellte der große Kerl nun fest. Er winkte seinen Begleitern, weiter zu versuchen das Rad von der Achse zu ziehen. Sie machten sich schimpfend wieder an die Arbeit.
Er sah Hänsten neugierig an und lächelte dann etwas. Er wusste einfach Bescheid, das sah Hänsten.
"Es ist im Augenblick nicht einfach Arbeit zu finden", erklärte er. "Ich treibe mich gern in der Welt herum." Das klang fast wie eine Entschuldigung.
Ganz überzeugt war der große Mann mit den breiten Schultern aber noch nicht, das sah Hänsten ihm an. Es war schließlich nie einfach, irgendwo gute Arbeit zu finden.
"Ich bin einer von Hargasses Vorarbeitern, zeig mir deine Hände", forderte ihn der große Kerl auf und die anderen sahen Hänsten nun interessiert an. Er streckte dem Mann seine Linke entgegen. Sie war etwas vernarbt von seinen Kämpfen bei früheren Aufträgen.
"Du warst wohl mal Söldner oder etwas Ähnliches?"
Hänsten nickte, dankbar dass dieser Mann es ihm so einfach machte.

"Warum bist du nicht mehr dabei?"
"Mein Rücken hat einiges abbekommen", antwortete Hänsten und hoffte, dass damit die Fragestunde nun vorbei sein würde.
"Wir haben nichts für dich", erklärte ein kleinerer Mann, den er vorher kaum wahrgenommen hatte. Er hatte sich an dem Großen vorbei gedrängt. Er mochte den Fremden nicht, das konnte Hänsten klar erkennen. Mit etwas Enttäuschung sah Hänsten die Männer an.
"Dann gehe ich eben woanders arbeiten", sagte er etwas übertrieben unwirsch und wollte sich auf sein Pferd setzen.
Der Kerl, der ihn nicht mochte, zeigte geradeaus. "Da liegt Belecapicas, vielleicht findest du dort etwas!" Er sah Hänsten kalt an. Der große Mann drängte sich vor. "Nun warte mal. Wir könnten jemanden in den Ställen gebrauchen! Nur für ein paar Wochen, bis das Rennen vorbei ist. Es ist aber schwere Arbeit, nichts für so zarte Kerle wie die hier", er zeigte zu seinen Begleitern. Die regten sich sofort darüber auf und beschimpfen ihn heftig.
Einer von ihnen winkte dann jedoch nur geringschätzig ab. Er stellte sich neben den Großen.
"Hey Hamilka, du willst doch wieder nur jemanden haben, mit dem du über irgendwelche vergessenen Feldzüge schwatzen kannst!"
"Da hältst du dich schön heraus", erwiderte der Große mit einem drohenden Unterton. Er legte seine große Hand auf dessen Schulter. Der Mann schien etwas im

Boden zu versinken. Aber er hatte keine Angst vor diesem Hamilka.
"Du kannst ja nur immer aus der zweiten Reihe bellen, wenn Emile wieder etwas zum bemäkeln gefunden hat!"
"Warum beschwerst du dich nicht bei Emile, du Held. Der Graf hat doch immer ein offenes Ohr für dich", Hamilka grinste den Nörgler an. Der wendete sich beleidigt ab und murmelte etwas leise vor sich hin.
Inzwischen waren die anderen Männer nicht untätig gewesen und es war ihnen gelungen das Rad von der Nabe herunter zu ziehen. Sie warfen es achtlos an den Wegrand und hatten schon ein neues von dem Karren gezogen. Anscheinend verlor man hier öfter ein Rad.
"Hast du nun genug geschwatzt, Hamilka", rief ein älterer Mann mürrisch. "Du könntest dich mit deinem neuen Freund ja auch mal nützlich machen! Aber bemüh dich nicht, wir haben das gleich auch ohne dich geschafft!"
Der große Kerl winkte ihm gleichgültig zu. Er machte Hänsten ein Zeichen ihnen zu folgen.
Das neue Rad war kurz darauf auf der Achse und sie setzten sich wieder in Bewegung.
Doch Hänsten war zögerlich. Das ganze ging ihm zu schnell und zu einfach. Es wäre jetzt aber auch unsinnig, die Einladung auszuschlagen.
Sie bogen kurz darauf nach links ab, genau wie Mikaelas Vater es ihm gesagt hatte. Schweigend folgte Hänsten dem Wagen. Er sah kurz auf den Wegweiser

an diesem Kreuzweg. Geradeaus wäre er nach Belecapicas gelangt, sie folgten jedoch dem Schild das in Richtung Hargasses Anwesen wies.

Am Ziel

Es dauerte noch mehr als eine Stunde, bis Hänsten in der Ferne weiß getünchte Häuser sah. Ein kleiner Turm erhob sich zwischen den Häusern. Vielleicht war es ein Beobachtungsturm. Der Weg zu dem Landgut sah gepflegt aus. Hier wurde offensichtlich auf Sauberkeit geachtet.

Sie kamen ihrem Ziel langsam näher.

Hinter einer kleinen Siedlung erhob sich eine lange, weiß getünchte Mauer.

Erst dahinter stand der Turm.

Hänsten konnte nun eine größere Ansammlung von Dächern hinter Mauer erkennen, zwischen denen einige verloren aussehende Bäume aufragten. Am Weg bis zu der Mauer waren einige kleinere Bäume gepflanzt worden, die aber sichtbar unter der Trockenheit litten.

Es nahm sich nach dem langen Weg in der heißen Einöde schon fast wie eine Oase aus, plötzlich eine Anzahl Gebäude zu sehen, die von grünen Bäumen umstanden waren. Ringsherum lagen Felder, auf denen vergilbter Mais stand. Windböen wirbelten

Staub an einige Stellen auf. Aber hier wurden die Felder bewässert.
Hänsten konnte einige junge Burschen hinter den Hausecken stehen sehen, die den Reitern verstohlen hinterhersahen.
Erst hinter der kleinen Siedlung begann die Allee von kleinen, recht vertrockneten Bäumen, die den Reitern die letzten Minuten bis zum Anwesen des Barons, spärliche Schatten spendeten. Weiter entfernt sah Hänsten einen Olivenhain. Überall auf den Feldern standen Brunnen. Hier wurde zumindest das Land beackert.
Sie mussten schließlich einen weiß getünchten Torbogen durchqueren, um endlich auf das Anwesen zu kommen. Das Tor stand weit offen.
Nachdem man die Mauer hinter sich gelassen hatte, tat sich eine überraschende Welt auf. Eine grüne, schattige Welt.
Rechts neben dem Weg stand ein prächtiges, zweistöckiges Haus. Es war sicherlich das Herrenhaus von Graf Hargasses. Der Haupteingang war von einem Vordach beschattet. Das ganze Haus war von einer sorgfältig gegossenen Rasenfläche umgeben. Vor den Eingängen standen schattenspendende Bäume.
Hinten am Haus musste sich eine Küche befinden, denn Hänsten roch den Duft von gebratenem Fleisch.
Gleichmütig zogen seine Begleiter weiter. Sie würdigten das Haus mit keinem Blick.

Über das Gelände verteilten sich Ställe und die Unterkünfte für das Gesinde. Die Untertanen des Grafen wohnten recht komfortabel, befand Hänsten. Da hatte er schon anderes gesehen.
Das war Hänsten im Augenblick aber egal, die Häuser, Ställe und Bäume versprachen Schatten und vielleicht sogar einen kühlen Raum. Das versprach Linderung von der Hitze des Tages.
Als sie das Herrenhaus hinter sich gelassen hatten, konnte Hänsten feststellen, dass auch die Unterkünfte des Gesindes und die Ställe tadellos in Schuss gehalten waren. Es gab auf den ersten Blick nichts zu beanstanden. Doch am auffälligsten waren die vielen Ställe, es mussten wohl ein halbes Dutzend sein. Sie alle waren langgestreckte Gebäude, die vor nicht allzu langer Zeit neu erbaut worden waren. Hier schien das Gold auf der Straße zu liegen.
Es waren aber nicht alles nur Pferdeställe, es gab auch einen Ziegenstall, wie er später sah und einen für die Rinder. Er schien sich in einer anderen Welt zu befinden, einer Welt mit Schatten und Wasser!
Hänsten hatte eigentlich nichts dergleichen erwartet. Der Graf verschleuderte sein durch das Pferd gewonnen Gewinn nicht sinnlos, sondern war bodenständig geblieben.
Hänstens Begleiter ließ sich zu ihm zurückfallen und wies mit Stolz auf die Ställe. Er reckte sich im Sattel etwa in die Höhe und machte eine große Geste um sich herum.

"Das alles hat Hargasses in den letzten zwei Jahren aufgebaut. Das hat er nur dem Hengst Tempestos zu verdanken, der hat ihm so viel Gold und Silber eingebracht! Vorher war er dazu überhaupt nicht in der Lage! Er war nur ein einfacher Landmann mit einigen verdorrten Maisfeldern und ein paar Ziegen, jetzt ist er jemand, der Pferderennen gewinnt!"
Hänsten nickte anerkennend. Andere hätten sich mit so viel Reichtum Mätressen zugelegt oder ein Schloss gebaut. Hargasses hatte sich offensichtlich einen Traum erfüllt. Das machte ihn für Hänsten beinahe sympathisch.
Gleichzeitig fühlte er sich auch von seinem vermeintlichen Verbündeten durchschaut! Der ehemalige Söldner war nicht dumm! Hänsten hatte das Gefühl, das er ein besonderes Interesse an ihm hatte! Das machte ihn zu einer potenziellen Gefahr. Das weitere Vorgehen verschob Hänsten noch etwas in die Zukunft, vielleicht war dieser Mann ihm ja auch sogar noch von Nutzen.
Egal was sein Begleiter tun würde, von der Erfüllung seines Auftrages würde er ihn nicht abhalten können, daran gab es keinen Zweifel!
"Was hat er denn vorher gemacht?"
"Weinanbau, Oliven und ein paar Ziegen und Rinder. Wie alle hier in der Gegend."
Hänsten fragte sich, wo es hier Weinstöcke geben sollte. Vielleicht übertrieb sein Begleiter auch etwas, um ihn zu beeindrucken.

Sie liefen zu Fuß mit ihren Pferden zu den Ställen. Auch sie waren sehr sauber.
Hänsten konnte nun auch feststellen, das sich die weiße Mauer um das ganze Areal hinzog, die von einigen Toren durchbrochen wurde. Die Tore konnte man verriegeln und ein kleines Häuschen für einen Wachmann stand daneben. Hänsten konnte sich aber nicht vorstellen, das sich nachts dort jemand aufhielt. Vor wem sollte man hier nachts Angst haben müssen? Vielleicht gab es hier Pumas? Dann hätten ihn seine gestrigen Gastgeber wohl nicht nur vor den Schlangen gewarnt!
Eine Gruppe von Pferdejungen war damit beschäftigt, die Tiere zu striegeln und im Kreis zu führen. Sie bewohnten wohl mit ihren Familien die Häusergruppe vor dem Torbogen, an der er zuerst vorbeigekommen war.
Er wurde von seinem neuen Fürsprecher in eine Halle gebracht. Am Kopfende des Saals standen einige Tische und einige junge Männer spielten Karten, um sich die Zeit zu vertreiben. Die beiden Neuankömmlinge gingen in einen Nebenraum.
Hänstens Begleiter wies in den Saal.
"Such dir da irgendwo eine Ecke. Es müssten noch genug Schlafplätze frei sein! Übrigens heiße ich Hamilka."
"Ich heiße Hänsten", antwortete er und hoffte, dass sein Name noch niemand hier zu Ohren gekommen war.

Hamilka blieb noch einmal kurz stehen. Er sah Hänsten ernst an.
"Du solltest immer im Hinterkopf behalten, dass dich Hargasses zumindest eine Zeitlang beobachten lässt! Wenn er denkt, dass du zuverlässig bist, kannst du hier beinahe machen, was du willst! Und vergiss nicht, von dem Turm kann man fast alles hier beobachten!"
Der große Mann sah Hänsten tief in die Augen und hob noch einmal grüßend die Hand. Dann ging er langsam fort. Hänsten rätselte, wie viel dieser Hamilka von seinem Vorhaben erahnte. Das würde er bald feststellen können, dessen war er sich sicher.
War er jetzt schon hier aufgenommen worden? Das konnte er sich nicht vorstellen. Er musste doch sicherlich noch dem Grafen vorgeführt werden.
Er atmete tief durch. Er hatte am Eingang einen großen Kessel mit Wasser gesehen und lief langsam dorthin. Er füllte seine Wasserschläuche als erstes. Niemand kümmerte sich um den neuen Fremden, daraus schloss Hänsten das es hier normal war. Helfer kamen und gingen, nur der feste Kern von Hargasses Leuten blieb.
Die Unterbringung hier war sicherlich gut gemeint, aber Hänsten wollte um nichts in der Welt mit zwei Dutzend anderen Männer in einem Saal liegen und schlafen! Er nickte stumm und beglückwünschte sich im geheimen, das seine Sachen wohl bei Mikaelas Onkel sicher untergebracht waren. Wenigstens konnten die ihm hier nachts nichts gestohlen werden!

Langsam ging er in das Haus und sah sich um. Hänsten war angenehm überrascht, dass hier wirklich alles sehr ordentlich und sauber war. Er beschloss es eine Nacht zu versuchen, schließlich wollte er ja nicht sofort auffallen.
Er suchte sich eine Pritsche nahe einer Tür, um einen schnellen Weg für den Notfall haben. Im Falle eines Falles war die Mauer draußen kein Hindernis für ihn. Doch sich über diesen Fall jetzt schon Gedanken zu machen, war noch viel zu früh!
Nachdem er seine unwichtigen Sachen auf eine leere Pritsche geworfen hatte, schlenderte er gemächlich durch die Räume. Er wusste einige neugierige Blicke auf seinem Rücken. Doch er fand es noch nicht an der Zeit, sich mit den Knechten bekannt zu machen. Sie würden sicherlich bald selbst auf ihn zukommen, um herauszufinden, ob sie ihn herumstoßen konnten. Vielleicht hofften sie auch, dass der Neue interessante Geschichten erzählen würde.
Wichtiger war es jetzt zu erfahren, wo sich alles befand. Egal wie die Sache ausging, er musste sich auf einen blitzartigen Abgang vorbereiten, denn es würde seiner Vermutung nach eine schnelle Flucht sein müssen. Das Wunderpferd und auf dessen Rücken Hänsten! Zumindest stellte er sich das in diesem Augenblick so vor.
Er ging vor die Unterkunft. Der warme Wind wehte Gerüche aus der Küche herüber. Er konnte nicht

einmal erahnen, was dort zusammengerührt wurde für die Männer. Es roch einfach nur scheußlich.
Geraderüber waren weitere Stallungen, jedoch nur für die normalen Arbeitspferde. Die Stallung für die Rennpferde war ein Stück weiter weg, mit einem kleinen Zaun von allem anderen abgetrennt. Am Tor zu diesem Stall stand auch ein Wächter, der allerdings mit geschlossenen Augen an der Stallwand lehnte. Der Größe nach zu urteilen waren dort mindesten vier Pferde untergebracht. Hargasses wäre auch verrückt, nur alles auf ein Pferd zu setzten.
Gemächlich lief er den Weg dorthin, bis ihn der Wächter anrief. Er hatte keineswegs geschlafen!
"Hey, Kerl. Wohin willst du zu dieser Zeit?"
"Ich wollte mich nur ein wenig umsehen", erklärte Hänsten und bemühte sich etwas demütig zu klingen. "Ich bin neu hier", erklärte er.
"Aber nicht hier auf diesem Weg. Der ist nur für ausgesuchtes Personal, wenn du verstehst! Tagelöhner wie du werden hier keinen Fuß hineinsetzen!"
Hänsten entschuldigte sich. "Das wusste ich nicht, ich bin ja gerade erst angekommen."
Als Antwort hörte er ein Lachen. "Ja, wir haben einen ziemlichen Verschleiß an Stallburschen, das kann ich dir sagen! Ein falsches Wort und du bist schon wieder weg! Ich hoffe für dich, dass du wenigstens etwas mit Pferden umgehen kannst. Sonst bleibt dir nur der Spaten zum umgraben!"

Wortlos schlenderte Hänsten weiter. Zu den wichtigen Pferden hatte man also nicht ohne weiteres Zutritt!
Die letzten Stunden des Tages vergingen wie im Fluge. Ein junger Pferdebursche zeigte ihm die Örtlichkeiten. Er bekam alles erklärt, was er zu tun hatte. Dann war es auch schon an der Zeit sich schlafen zu legen.

Der nächste Morgen war schneller heran, als Hänsten das wahrhaben wollte. Er hatte die Nacht wie ein Toter geschlafen, als die Knechte von einer Glocke geweckt wurden. Ihm schmerzten alle Knochen und er fühlte sich ausgedörrt. Die anderen sprangen sofort hoch, während es Hänsten etwas langsamer anging.
Er fand schnell heraus, warum die anderen so schnell im Waschraum waren.
Dort standen nur noch einige Krüge mit kostbarem Wasser zum Waschen.
"Wer sich früh etwas waschen will, muss schon zeitig an den Wannen sein", erklärte ein älterer Knecht und lachte ihn hämisch ins Gesicht.
Ehe Hänsten noch etwas antworten konnte, wurde Hänsten von einem Jungen zu Hargasses gerufen.
"Emile will dich ansehen Neuer, mal sehen was er von dir übrig lässt", erklärte der Bursche mit einem vielsagenden Blick, dann grinste er ihn wissend an.
Natürlich ahnte Hänsten wer Emile war, wissen würde er es in wenigen Minuten. Der Graf wollte den Neuen sehen.

Nun würde sich entscheiden, ob er überhaupt die Gelegenheit bekam, hier etwas zu versuchen!
Vielleicht konnte er auch sofort wieder seine Sachen packen, wenn ihm Hänstens Gesicht nicht gefiel.
Wahrscheinlich hatte Hargasses ihn aber eher zufällig von seinem Fenster aus gesehen und wollte nur wissen, wer er war.
Ein älterer Diener führte ihm zu dessen Arbeitszimmer.
Hänsten konnte nun einen Blick in das Haus am Tor werfen. Alles sah sehr neu aus, als wenn das Haus erst vor einigen Monaten gebaut worden war.
Ihn störte es in diesem Augenblick, dass er ungewaschen vor diesem Mann stand. Hargasses nahm jedoch keinen Anstoß daran.
Der Graf saß hinter seinem Schreibtisch und schob einige Blätter unschlüssig hin und her. Er hatte ein scharfgeschnittenes Gesicht und schien gut trainiert zu sein. Seine grauen Augen hingegen schienen aus Eis zu bestehen. Hänsten konnte nicht sagen, ob sie ihn freundlich oder ablehnend ansahen. Er sah einfach in zwei kalte Eisstücke.
Hinter dem Edelmann hingen einige schöne Regale an der Wand. Darauf standen unzählige als Holz geschnitzte Pferde in den verschiedensten Posen.
Hänsten fiel auf, das Hargasses etwas übernächtig aussah. Er widmete sich wieder seiner Beschäftigung und sortierte zwei Haufen Papiere auf seinem Tisch.
Für Hänsten sahen sie nach Rechnungen aus.

Nach einer Weile sah er plötzlich auf und richtete seinen durchdringenden Blick auf den fremden Mann. Hänsten kannte diesen Blick.
Vermutlich konnte er heute noch seine Sachen packen können und unverrichteter Dinge abziehen.
"Zeig deine Hände", forderte der Graf schroff. Zögernd streckte Hänsten seine linke Hand über den Tisch.
"Beide", herrschte Hargasses ihn ungehalten an. Er warf einen vernichtenden Blick auf Hänsten.
Der Graf beugte sich etwas vor und Hänsten konnte den Ansatz eines Bauches bei dem Grafen erkennen. Ihm schien es recht gut zu gehen.
Hargasses sah Hänstens Hände mit großem Interesse an, als könne er die Linien dort lesen.
"Du bist ein Söldner? Hab ich Recht?"
Hänsten nickte stumm.
"Du bist Beidhänder?" Der Angesprochene machte eine vage Geste.
"Ich habe kein gutes Gefühl bei dir", Hargasses seufzte und sank auf seinen Stuhl zurück. Er schaute kurz an die Decke, als suchte er dort Antworten auf seine unausgesprochenen Fragen. Er hatte wohl eine Vorahnung, was Hänsten betraf.
"Wenn mich jemand fragen würde, bist du nur gekommen, um Tempestos zu stehlen! Aber Hamilka scheint ganz vernarrt in dich zu sein, also gebe ich dir die Gelegenheit zu zeigen, wer und was du bist! Überrasche mich und sei ein guter Arbeiter." Er

lächelte den fremden Mann vor sich schelmisch an. Das war natürlich nicht ernst gemeint.
Für Hänsten war jetzt klar geworden, dass der Graf Probleme hatte, Arbeiter für sein Anwesen zu bekommen. Er würde sicherlich auch bald herausfinden, warum das so war. Er musste wirklich große Angst haben, sein Wunderpferd zu verlieren.
Für Hänsten war auch interessant, das dieser Hamilka so viel Einfluss auf den Grafen hatte. Er hätte nicht geglaubt, dass dieser ehemalige Söldner in so hohen Ansehen bei diesem misstrauischen Grafen stand. Dafür musste es einen triftigen Grund geben. Vielleicht hatte der Graf nicht viele vertrauenswürdige Männer hier auf seinem Land.
"Du wirst ganz unten anfangen! Ställe ausmisten! Dann lernst du wie wir das alles machen von der Pike auf! Und denk dran, deine Hände verraten dich!"
Er sah Hänsten reglos in die Augen, dann winkte er gleichgültig mit der Hand, der neue Mann in den Ställen war schon wieder entlassen.
"Ich werde dich fürs erste im Auge behalten", rief er seinem neuen Pferdeknecht hinterher.
Hänsten verstand nicht, warum er trotz seines verdächtigen Eindrucks auf den Herren dieses Gestüts eine Chance bekam. Es war klar, dass der Edelmann hier in der Gegen nur noch wenige gute Männer bekommen konnte. Aber warum sollte er so viele brauchen? Nur wegen dieses Pferdemarktes und des Rennens?

Eines war aber klar geworden, dem einen Pferd würde er vorläufig nicht nahe kommen können!

Der erste Tag verging wie im Fluge.
Ihm wurden die Ställe gezeigt und erklärt, was er in den nächsten Tagen zu tun haben würde. Der Vorarbeiter schien nicht überzeugt von Hänsten zu sein. Er traute ihm wohl nicht zu, vernünftig mit den Pferden umgehen zu können. Hänsten war in seinen Augen kein Pferdemann. Er schickte ihn kurzerhand zum Küchentrakt. Dagegen konnte Hänsten erst mal nichts tun. Auch dort brauchte man gerade keine Hilfe, so bekam er an seinem ersten Arbeitstag die undankbare Aufgabe im Brunnenhaus zu arbeiten. Er musste alle möglichen Kannen und Kübel mit Wasser füllen und sie an die Tür stellen. Dort wurden sie auf Karren geladen und irgendwo hingefahren. Die ungewohnte Arbeit war kräftezehrend und eintönig, doch Hänsten nahm das als gegeben hin. Er würde das ja nicht ewig tun müssen!
"Sei zufrieden, dass du nicht auf den Feldern an den Ziehbrunnen arbeiten musst", rief ihm ein junger Knecht zu und lachte wissend. Noch eine schlimmere Arbeit konnte sich Hänsten beinahe nicht ausdenken. Aber auch dieser Tag verging und abends schmerzte Hänsten der Rücken.
Einer der Vorarbeiter rief ihm im Vorbeigehen zu, das er Feierabend machen konnte und Hänsten nahm das

dankbar an. Er versuchte sich etwas locker zu machen, aber das half nicht viel.
Einige Zeit später begann die Sonne schon am Horizont zu versinken, es wurde sofort kühl. Die Wände der Häuser strahlten aber noch immer Hitze ab, aber das war jetzt schon beinahe angenehm. Eine Stunde später, nachdem die Sonne hinter dem Horizont versunken war, wurde es bald überraschend kalt.
Er blieb auch nicht mehr lange auf. Ihm war egal, dass die anderen Stallknechte mit einer gewissen Schadenfreude auf ihn zeigten, da er die öde Arbeit nicht gewohnt war.
Seine Pritsche übte eine überraschende Anziehungskraft auf ihn aus, so dass er sich bald hinlegte und fast augenblicklich einschlief. Doch er erwachte bald wieder.
Die Nacht wurde empfindlich kühl! Seine fadenscheinige Decke wärmte ihn nicht. Dazu hatte er die ganze Zeit das unterschwellige Gefühl, belauert zu werden.
Seine Hand umfasste den Griff eines kleinen Messers mit kurzer Klinge. Das würde nicht sofort auffallen, wenn ihm jemand zu nahe kam.
Er roch den Schweiß der Männer im Saal und hörte sie während des Schlafes seufzen und stöhnen. Trotz seiner bleiernen Müdigkeit konnte er in der restlichen Nacht kaum ein Auge zu bekommen.

Als er sich bei Tagesanbruch mühsam von der Pritsche erhob und in den Waschraum ging, fühlte er sich, als ob er die Nacht keine Minute geschlafen hatte.
Es war nur lauwarmes Wasser vorhanden, das er sich mit einiger Überwindung über den Kopf goss. Er beeilte sich dabei. Sein Rücken schmerzte und er konnte nicht einmal Lockerungsübungen machen, denn er wurde von allen Knechten mehr oder weniger offen angegafft und taxiert. Sie unterhielten sich leise über seine Narben auf seinem Körper.
Zurück zu seiner Schlafstelle gekommen, sah er sofort, dass seine Sachen eilig durchsucht worden waren. Natürlich war jetzt niemand mehr in der Nähe.
Es war aber überraschenderweise alles noch da. Vielleicht wollte sein unsichtbarer Beobachter nur wissen, ob es bei ihm etwas zu holen gab.
Als er schließlich in den Morgen hinaustrat, wehte ihm ein frischer Wind ins Gesicht, der ihn beinahe frösteln ließ. Er schüttelte sich kurz und sah sich um. Die ersten Sonnenstrahlen erhellten bereits den Himmel. Er sah sich suchend um, wo der Turm stand und ob er von dort beobachtet werden konnte. Er sah allerdings nur die Turmspitze. Doch im Augenblick lauerte ein ganz anderes Problem auf ihn.
Seine Sinne verrieten ihn, dass ganz in der Nähe einige Männer lauerten. Sie konnten nur hinter der Hausecke verstecken. Vielleicht war noch ein Aufnahmeritual fällig. Das war in einigen Häusern so üblich. Doch er wollte sich nicht übertölpeln lassen!

Ganz leise schlug er die entgegengesetzte Richtung ein und umrundete im leichten Dauerlauf die Baracke.
Hänsten näherte sich den flüsternden Männern, ohne dass sie ihn wahrnahmen.
Er trat dem hintersten Mann gegen das Knie, so dass er mit einem Schmerzensschrei zu Boden ging.
Hänsten konnte noch einen weiteren Mann zu Boden stoßen, ehe sich alle umgedreht hatten.
Wütend griffen sie ihn an, doch Hänsten wich ihnen geschmeidig aus.
Sie riefen ihm allerlei Beschimpfungen zu. Keiner getraute sich aber ihn direkt anzugehen. So versuchten sie sich gegenseitig nach vorn zu schieben.
Schließlich beschlossen sie, wie auf ein geheimes Kommando, mit schnellen Schritten die Flucht zu ergreifen.
Wie zufällig kam im nächsten Augenblick Hamilka um die Ecke und lächelte ihn fröhlich an. Hänsten runzelte die Stirn.
"Du hast die Begrüßungsprozedur gut überstanden wie ich sehe", erklärte er grinsend. Er schien auch nichts anderes erwartet zu haben. Kameradschaftlich klopfte er seinem neuen Schützling auf die Schulter.
"Das wäre damit wohl erledigt. Sie sind eigentlich alle ziemliche Hasenfüße, wenn ich es mir recht überlege. Mit ihnen kann man auf keinen Fall in die Schlacht ziehen! Dazu sind sie viel zu feige!" Sein Gönner erzählte ihm etwas von seinen Erlebnissen, die ihm woanders in ähnlicher Form passiert waren.

Hänsten hörte nicht hin, wie immer wenn ehemalige Söldner von ihren vergangenen Taten schwärmten. Davon hatte er schon dutzende Geschichten gehört und es interessierte ihn überhaupt nicht.
Er war großen Feldschlachten stets aus dem Weg gegangen. Da hing das eigene Leben von zu vielen Zufällen ab und er wollte auch nicht für irgendeinen König oder Herzog sein Leben geben. Schon gar nicht für eine vermeintlich gute und gerechte Sache! Das verbot ihm seine Selbstachtung. Denn er wusste inzwischen, dass die guten Sachen meist auf Lügen beruhten.
Er lächelte dem großen Mann kurz zu und folgte seinem Wink. Er führte ihn in seine bescheidene Hütte, die in Sichtweite zum Herrenhaus stand und sich an die Küche lehnte.
Es war nur ein Zimmer. Aber er konnte allein sein und die Tür hinter sich schließen. Das war hier auf dem Gestüt ein rarer Luxus. Hänsten fragte sich, wie dieser Mann zu dieses Privileg ergattern konnte.
Hamilka holte aus einer Truhe eine bauchige Flasche hervor und stellte sie vorsichtig auf den Tisch.
"Aber nur einen Tropfen", erklärte er dazu und sah Hänsten verschwörerisch in die Augen. Er hatte zwei irdene Becher aus einem Regal genommen und goss den edlen Tropfen langsam ein.
"Ich weiß nicht was du hier willst, aber du bist ganz sicher kein Tagelöhner! Deine Hände, deine Bewegungen erzählen mir etwas ganz anderes!"

Er sah Hänsten abwartend an. Hamilka hatte sicherlich eine ziemlich genaue Vorstellung, was der Neue hier vor hatte, das war ganz offensichtlich. Doch Hänsten dachte nicht im Traum daran, irgendetwas zu erwidern.
"Ich habe doch Recht?"
Alles was er sagen würde, musste sich wie eine Lüge anhören. Er hatte keinen Dummkopf vor sich, wie er feststellte.
Hänsten machte eine vage Geste, die alles bedeuten konnte.
Dass er vorhatte ihn gewähren zu lassen, musste einen Grund haben. Das war ein interessanter Punkt, der früher oder später würde ans Licht kommen würde.
Hänsten sah Hamilka stumm in die Augen. Der begann verschwörerisch zu lächeln und beugte sich ihm etwas entgegen.
"Du bist ein Mann ganz nach meinem Geschmack!"
Damit war die Sitzung beendet und Hänsten stand auf. Langsam ging er auf die Tür zu. Er wartete noch auf ein Wort von seinem Gastgeber. Doch der sah ihm nur stumm hinterher. Hamilka würde nun gelassen abwarten, was der neue Mann unternehmen würde. Er würde so oder so seinen Nutzen aus Hänsten Aktionen ziehen, das war Hänsten jetzt klar geworden. Natürlich konnte ihn dieser Mann auch einfach verraten, wenn es die Situation verlangte. Aber bis dahin hatte er etwas Zeit.

Die nächsten Tage waren mit anstrengender Arbeit angefüllt. Die anderen Männer mieden Hänsten. Sie hatten ihre Erfahrung mit ihm gemacht und daraus den Schluss gezogen, das man den Neuen besser zufrieden lassen sollte.
Den Stall des Pferdes, das sein Auftrag war, konnte er in den nächsten Tagen nur von weitem sehen. Es stand ganz in der Nähe des Herrenhauses, so dass der Herzog es immer im Blick hatte. An jedem Eingang stand eine Wache. Die Männer waren nicht sonderlich aufmerksam, eher nachlässig. Man sah ihnen an, dass es ihnen keinen Spaß machte, dort an den Toren den ganzen Tag lang aufzupassen wer rein und raus ging. Es waren ohnehin immer die gleichen Abläufe, die von immer den gleichen Personen durchgeführt wurden. Hänsten bekam von den Vorarbeitern in der nächsten Zeit auch keine Aufträge, in den Stallungen etwas zu tun. Ihm wurde der Küchendienst zugeteilt oder er musste hin und wieder am Abend die müden Pferde striegeln. Den berühmten Hengst bekam er nicht einmal zu Gesicht. Er musste sich in Geduld üben, schließlich, wollte er sich nicht verraten.
Er wusste immerhin schon, dass er am Abend immer von einem alten Pferdeknecht bewegt wurde.
Hänsten beobachtete intensiv Hamilka und versuchte herauszufinden, was ihn bewog, Hänstens Vorhaben zu dulden, eigentlich sogar insgeheim zu unterstützen.

So vergingen die nächsten Tage unmerklich. Hänsten suchte immer noch den Spitzel, der ihn beobachtete. Ihm fiel jedoch niemand auf. Vielleicht wollte Hamilka mit seinem Hinweis ja nur erreichen, das er vorsichtig blieb.

Auch nach zwei Wochen durfte er noch nicht einmal in die Sattelkammer gehen, geschweige denn in den Stall von Tempestos.

Hänsten verlor sich in der langweiligen Routine der Tage und begann schon an seinem Vorhaben zu zweifeln. Doch er forderte von sich Disziplin, nur so konnte er Erfolg haben! Er hatte schon in ähnlichen Situationen einen langen Atem haben müssen.

Dann, nach gleichförmigen dahinziehenden Wochen, erfuhr er eines schönen Tages überraschend, dass der Pferdemarkt in Belecapicas demnächst stattfinden würde. Das löste auf Hargasses Anwesen heftige Betriebsamkeit aus.

Hänsten erfuhr, dass alles was Rang und Namen in der Umgebung hatte dort erscheinen würde, natürlich mit edlen Pferden. Das war hier in der Region ein Statussymbol wie anderswo ein Burg oder ein Schloss. Der Graf hatte in der Vergangenheit immer wieder versucht, diesen Markt zu seinem Anwesen zu holen, aber das war ihm trotz seinem Gold und Silbers nicht gelungen. Das hatte ihm Hamilka eines Abends verraten.

Einige Wochen später würde in Belecapicas schließlich das berühmte Pferderennen ausgetragen werden, wie

jedes Jahr. Das war der wichtigste Termin des Jahres in dieser Stadt.
Es ärgerte den Grafen unglaublich, dass es ihm nie gelungen war, dieses Rennen hierher zu seinem Anwesen zu holen. Er hatte sogar schon eine Rennstrecke ganz in der Nähe anlegen lassen. Doch niemand hatte daran ein Interesse. Hargasses hatte mehrmals schon verlauten lassen, wie sehr er Belecapicas und seine bornierten Einwohner dafür hasste.
Hänsten fiel bei dieser Gelegenheit ein, was sein Auftraggeber dazu gesagt hatte. Vielleicht konnte man hier in der Zeit etwas unternehmen. Ihm war klar, dass er als der Neue, dorthin nicht mitgenommen wurde. Das stand ihm einfach noch nicht zu in der hiesigen Hierarchie! Noch lange nicht.
Aber vielleicht war es ja auch eine Gelegenheit.
Das würde Hänsten vielleicht die Möglichkeit geben, sich in den Stallungen des Barons umzusehen. Er wäre allerdings ruhiger, wenn er endlich den Spitzel entdecken würde! Er noch nicht mal einen Verdacht.

Pferdemarkt

Am Tag des Pferdemarktes wurden alle zu sehr früher Stunde aus den Betten geworfen. Hänsten hatte keine Hoffnung, mitgenommen zu werden. Etwas Ablenkung würde ihm gefallen, doch er erfuhr wenig später von einem Vorarbeiter, dass er hier auf dem Anwesen bleiben sollte. Es war seine Aufgabe die Ställe bis zum Abend auszumisten. Das war aber bei Neuzugängen ganz normal. Die Teilnahme an einem Pferdemarkt musste man sich erst einmal mit harter Arbeit verdienen!

Hamilka trat wie zufällig neben Hänsten um seinen Schützling zu warnen.

"Sieh dich vor. Die anderen werden versuchen dir Benehmen beizubringen, dir zu zeigen wo dein Platz ist. Nimm ihnen das aber nicht übel", erklärte er mit einem wissenden Lächeln. "Lass sie am Leben. Bergreife einfach, du bist ihnen unheimlich."

"Warum?"

"Weil sie gemerkt haben, das du vor niemanden hier Angst hast. Das ist sonst eher die Ausnahme."

Er schlug ihm noch einmal freundschaftlich mit seiner vernarbten Hand auf die Schulter.

Hänsten wunderte sich etwas über seine Fürsorge. Er bezweckte damit sicherlich etwas. Den Grund dafür würde er bestimmt in naher Zukunft erfahren.

Es herrschte schon am Vorabend des Pferdemarktes auf dem Anwesen des Edelmannes große Aufregung, als der Tag des Pferdemarktes nun endlich herangekommen war.

In den Nachtstunden waren viele Männer mit den Pferden beschäftigt gewesen. Sie wurden noch einmal gestriegelt und ein Tierheiler untersuchte die zu

verkaufenden Pferde im Schein einer Öllampe noch einmal ziemlich oberflächlich.
Auch der Stallmeister sah sich anschließend alle Tiere auch noch einmal genau an. Es war schließlich auch eine Präsentation des Grafen Hargasses.
Die Knechte unterhielten sich leise und sprangen sofort auf, wenn es etwas zu bemängeln gab.
Hänsten war von diesem Kult, um diese Tiere, wieder einmal verwundert. Aber er hielt sich schweigend im Hintergrund.
Das Gute an der Geschichte war, das er so endlich die Möglichkeit hatte, dem einen Pferd nahe zu kommen!
Doch das blieb ein Wunschtraum. Er konnte lediglich von weitem sehen, wie Tempestos gestriegelt wurde.
Dann, es war immer noch dunkel, zogen die Männer mit den Pferden los. Sie hatten ihre besten Sachen angezogen und waren guter Dinge, denn sie konnten dem Alltag mal einige Stunden entfliehen. Leise unterhielten sie sich über die vergangen Pferdemärkte, die allesamt ziemlich aufregend gewesen sein mussten.
Hänsten sah die Lampen und Fackeln in der Ferne kleiner werden und schließlich verschwinden.
Graf Hargasses folgte mit einem Zweispänner später mit dem ersten Sonnenlicht. Auch er schien guter Dinge zu sein. Noch war die Luft angenehm frisch, genau die richtige Zeit für eine kleine Reise.
Er wurde von einigen gut bewaffneten Männern begleitet, so das Hänsten auf den Gedanken kam, das

er wohl einiges an Gold und Silber bei sich haben musste.

Gedankenversunken sah Hänsten ihnen eine Weile nach. Mit ihm standen einige junge Stallburschen mit am Tor und beobachteten wie der Tross langsam in der Ferne verschwand.
Die ersten zarten Sonnenstrahlen tauchten bereits ferne Bergrücken in ein zartes Rosa. Die sich langsam entfernenden Reiter wirkten wie finstere Geister, die dem Licht entgegen strebten.
Hänsten machte sich einige Zeit später fertig, um seine Arbeit aufzunehmen. Als erstes musste er aber noch herausfinden, wie viele Knechte jetzt noch hier waren. Einer von ihnen musste sein Überwacher sein! Er drehte sich kurz zu dem Turm um. Dort oben war niemand zu erkennen.
Es waren nur ein knappes Dutzend Männer zurückgeblieben, wenn er die beiden alten Küchenfrauen nicht mitzählte.
Die etwas kernigeren Männer waren alle mit auf den Markt gegangen. Hänsten brauchte sich im Augenblick vor den wenigen Knechten nicht vorzusehen. Einzeln waren die jungen Männer allesamt keine Gegner für ihn, doch wenn die Verbliebenen sich gemeinsam auf ihn warfen, konnte es trotzdem schwierig werden. Er war nach Hamilkas Warnung sicher, dass sie etwas

unternehmen würden, vielleicht sogar mit dem Einverständnis des Barons. Er sollte sicherlich auf seinen Platz verwiesen werden.
Sie würden als erstes versuchen, ihm eine Falle zu stellen, glaubte er. Offen würden sie sich auch alle gemeinsam nicht gegen ihn stellen.
Hänsten würde in diesem doch recht unwahrscheinlichen Fall seine Waffen einsetzen. Er musste zuallererst seine Haut retten, dann kam der Auftrag!

Auch wenn Hänsten gern mal die Abwechslung eines Pferdemarktes genossen hätte, war er nicht ärgerlich. Er hatte nun Hoffnung sich ungehindert auf dem Gelände umsehen zu können.
Er war eine Zeitlang damit beschäftigt herauszufinden, wo sich die Knechte alle aufhielten. Das war für seine Pläne wichtig. Er nahm sich eine Heugabel und lief mal hierhin und dorthin. Niemand fragte ihm nach seinem Tun. Auf dem Turm war weiterhin niemand zu sehen. Sehr wahrscheinlich genossen die Zurückgebliebenen die Ruhe und Abwesenheit der meisten Vorarbeiter. Einige ältere Knechte beobachtete er beim Würfeln. Hier auf dem Anwesen hatte so ziemlich jeder Mann einige Würfel in der Tasche und war auch stets bereit, sein Glück bei den anderen Knechten zu versuchen. Das war ihm so extrem noch nirgendwo begegnet.

Einige Zeit später glaubte er, dass seine Gelegenheit gekommen war. Er sah sich mehrfach um und lief los. Hinter einem Stall hörte er laute ärgerliche Stimmen, auch dort war sicherlich ein Spiel im vollen Gange. Einige Ställe hatten eine beträchtliche Länge. Hier mussten sich bestimmt zwei Dutzend Pferde aufhalten. Zuerst musste er herausfinden, ob sich das eigentliche Ziel seiner Bemühungen überhaupt hier aufhielt. Er konnte sich zwar nicht vorstellen, dass der Hengst die Reise nach Belecapicas mitmachte, aber vielleicht hatte der Graf doch zu viel Angst ihn zu verlieren, das er ihn lieber bei sich hatte. Wenn der Hengst noch hier war, würde er in dem kleinen Stall gegenüber dem Herrenhaus stehen, dessen war er sich sicher. Wie zur Bestätigung konnte er sehen, dass sogar heute ein übellauniger Wachmann vor dem Tor stand.
Hänsten näherte sich dem Herrenhaus des Grafen mit einigen Umwegen an der Mauer entlang.
Er lauschte eine Weile, doch das Haus schien verlassen zu sein. Zwar konnte er sich nicht vorstellen, das wirklich alle Bediensteten auch auf dem Weg nach Belecapicas waren, aber er hörte kein Geräusch von dort.
Ihn trennte jetzt nur noch der Wachmann am Tor von dem Rennpferd. Für den Wächter schien es eher eine Strafe zu sein bei den Pferden auszuharren. Er sah sich mürrisch um.
Die anderen Knechte hatten sich inzwischen, nachdem sie das gerade notwendigste erledigt hatten, alle in

ihre Quartiere zurückgezogen. Sie genossen in vollen Zügen ihre Freiheit einmal nichts tun zu müssen. Es kam kein Stallmeister, um sie zur Arbeit zu treiben. Es war niemand hier, um sie mit der Gerte zu schlagen. Der Wächter machte einen langen Hals, um zu sehen was die anderen trieben.

Hänsten wartete ab, wie lange es der Knecht auf seinem Posten aushielt.

Später drang hitziges diskutieren und Lachen zu dem Wächter. Unruhig lief er hin und her.

Hänsten musste jetzt endlich in den Stall kommen! Alles Weitere würde sich ergeben, wenn er den Wunderhengst endlich vor sich hatte. Eine weitere Gelegenheit würde so schnell nicht wiederkommen!

Der Wächter murmelte einige Flüche und setzte sich auf einem Stuhl neben das Tor. Bald darauf holte er etwas Schlaf nach.

Hänsten überlegte, ob er dessen Namen schon kannte. Jannes, hieß der Junge! Er hielt ihn für nicht sonderlich gefährlich. Aber genau das konnte gefährlich sein! Er durfte nicht nachlässig werden, wenn sein Vorhaben unerkannt bleiben sollte.

Jannes gehörte zu den Knechten mit denen der Graf etwas vertrauter umging, das hatte Hänsten schon wahrgenommen. Vielleicht war er sogar derjenige, der Hänsten im Auge behalten sollte.

Er lief einige Male auf dem knirschenden Sand an dem Tor vorbei und wartete ab. Irgendwann hob der Junge den Kopf und starrte Hänsten mürrisch an, so dass er

ihm schnell eine Belanglosigkeit über das Wetter zurief. Jannes rührte sich jedoch nicht einmal.
Hänsten bemühte sich so normal wie möglich um die Stallungen zu laufen. Er mistete einige Ställe aus. Natürlich hetzte er sich nicht dabei. Er wusste, dass die anderen Zurückgebliebenen sich ebenfalls viel Zeit ließen, mit ihren aufgetragenen Arbeiten. Wenn die Geschäfte auf dem Pferdemarkt gut liefen, interessierte das am Ende des Tages ohnehin niemanden. Lief es nicht so gut, würden alle so oder so den Zorn des Grafen zu spüren bekommen.
Hänsten brachte das nasse Stroh weg und machte einen unauffälligen Umweg an dem Stall von Tempestos vorbei. Jannes rührte sich immernoch nicht.
Als Hänsten ein weiteres Mal auf Höhe des Tores zum Stall war, schlug der Pferdeknecht vernehmlich mit seiner Gerte gegen seinen Stiefel. Das sollte für Hänsten ein Zeichen sein sich schnell zu verziehen.
Er lächelte dem jungen Knecht freundlich zu. Der erwiderte kalt seinen Blick.
"Du hast hier nichts verloren", erklärte Jannes mit wichtiger Mimik und wies mit dem ausgestreckten Arm, dass er schnell weitergehen sollte. Ein warmer Wind strich über sie hinweg.
Jannes würde seine Gerte nicht benutzen, das erkannte Hänsten an den Augen des Jungen. Er war sich bei Hänsten unsicher, obwohl auch er ein kräftiger Kerl war.

Hänsten verkniff sich jegliche Antwort. Jannes war im Augenblick hier die höchste Instanz auf dem Hof. Sicherlich wussten auch die anderen Knechte, dass er der Mann des Herzogs war. Sonst wäre er in seinem jungen Alter auch jetzt nicht mit der Leitung des Hofes betraut worden. Vielleicht bestand ja sogar ein geheimer Verwandtschaftsgrad?

Hänsten machte trotzdem einen kleinen Umweg und gelangte so an die Rückseite des Stalles.

Der Hengst schien ihn zu riechen und schnaubte unruhig. Also musste er sich schnell weiterbewegen. Das schnell gereizte Tier kannte ihn nicht und war misstrauisch. Er hörte die Hufe gegen das Gatter schlagen. Auch die anderen Hengste schnaubten etwas erregt.

Schnell schob er seine Karre weiter.

Nach einigen Schritten blieb er stehen, um zu beobachten, ob Jannes nachsehen kam, warum die Hengste so unruhig waren. Es dauerte eine ganze Weile bis der junge Mann aufstand und mit gelangweilten Miene um die Ecke sah. Er hatte eine Ochsenpeitsche in der Hand, die er langsam hin und her schwang. Bedächtig schaute er sich um, dann trat er mit mürrischer Miene seinen Zigarillo aus. Leise vor sich hin fluchend schüttelte er den Kopf.

Dann stimmte er plötzlich eine Melodie an und drehte sich wieder um. Mit einem Seufzer setzte er sich schließlich wieder auf seinen Stuhl und grunzte

zufrieden, das war wohl ein Tag nach seinem Geschmack.
Das sagte Hänsten, das diese Reaktion bei den reizbaren Rennpferden doch öfter vorkam. Sie waren offensichtlich sehr unruhig und schreckhaft.
Zufrieden nickte er zu dieser Feststellung.
"Hey, hast du keine Lust heute", fragte ihn einer der Arbeiter ein Stück weiter hinter ihm. Er hatte ihn wohl ebenfalls beobachtet.
"Was geht dich das an", fragte Hänsten zurück. Er hatte den Sprecher selbst noch nicht als arbeitswütig erlebt. Das forderte den Burschen natürlich heraus. Er näherte sich langsam. Hänsten fand es bemerkenswert, dass er das ohne Zuschauer tat. Er war sich seiner Sache wohl sicher. Seine Hände umschlossen fest den Stiel einer Forke, so dass seine Knöchel weiß hervortraten.
"Ich werde dir gleich Benehmen beibringen, du Großmaul! Hamilka kann dich jetzt nicht beschützen!"
Hänsten sah ihm reglos entgegen und lächelte etwas. Er fragte sich, ob er wirklich so aussah, als benötigte er den Schutz von Hamilka. Der Bursche wurde etwas zögerlich und begann sich zu fragen warum der Neue jetzt nicht das Weite suchte. Trotzdem lief er weiter auf Hänsten zu, er konnte jetzt nicht umkehren. Dann würde er sein Gesicht verlieren.
Hänsten tat so, als würde er hinter dem Jungen etwas sehen. Das war ein ganz billiger Trick, aber lenkte ihn

für einen Augenblick ab. Sofort war er bei ihm und wand ihm mühelos die Forke aus der Hand.
Ratlos sah der Bursche ihn an. Er schien sich plötzlich unwohl zu fühlen.
Hänsten hielt dem Jungen kurz darauf stumm die Forke hin.
Inzwischen stand Jannes hinter ihnen und beobachtete die beiden.
"Willst du es noch einmal versuchen", fragte Hänsten den Jungen.
Der Knecht drehte sich mit einem Blick auf Jannes stumm um und ließ ihn mit der Forke in der Hand stehen. Hänsten stellte sie ordentlich an die Wand, ehe auch er mit einem kurzen Blick auf Jannes weiterging.
Jannes sah ihm aufmerksam hinterher.
Sicherlich würde jemand heute Abend von diesem Vorfall erfahren.

Hänsten verbrachte noch viel Zeit mit der Suche nach einem Weg an den Hengst heranzukommen. Irgendwie stieß er dabei aber immer auf einige herumstehende Stallburschen.
Schließlich entschloss er sich aufs Ganze zu gehen.
Er stellte sich zu ihnen, nachdem er den Eimer zwischen sich und die Gruppe gestellt hatte.

"Das wird wohl ein ruhiger Tag", stellte er leidenschaftslos fest. Er sah dabei in den klaren Himmel.
"Darauf kannst du Gift nehmen", erklärte ein großer Stallbursche und musterte Hänsten stumm. Er war kräftig gebaut und war sich dessen auch bewusst. Doch er schien den Neuen auf dem Hof zu akzeptieren.
"Wenn er heute ein paar gute Stuten und Junghengste bekommt, gibt es drei Tage etwas Wein und vielleicht mal richtiges Essen", erklärte der Junge und die anderem hinter ihm nickten eifrig.
"Hoffentlich findet er bald eine Stute für Tempestos. Wenn nicht bald ein paar Fohlen kommen, wird dann alles noch schlimmer, weil der Baron dann noch mehr Angst hat, dass der Gaul sich verletzt oder sogar zu alt für die Rennen wird!"
Er bekam dafür zustimmendes Gemurmel der anderen Stallburschen. Sie hatten wohl schon Erfahrungen in diese Richtung gemacht.
"Das hast du doch nicht vor, oder?" Die jungen Männer sahen Hänsten fragend an. Jeder von ihnen wusste, was der Junge meinte. Die jungen Männer sahen Hänsten fragend an. Jeder von ihnen wusste, was der Junge meinte. Es lag Angst in der Frage, keine Drohung. Zutrauen würde ihm das wohl jeder hier. Jannes, der ein Stück hinter ihnen stand, sah interessiert zu.
Wenn das goldene Pferd von jemanden wie Hänsten gestohlen würde, brächte auf dem Gut die Hölle los.

Dann wäre der Graf im Handumdrehen wieder nur ein Landedelmann. Sie hatten wohl schon einige derartiger Versuche erlebt und es war nichts, woran sie sich gern erinnerten.
"Wie lange hat er denn dieses Pferd schon", fragte Hänsten, ohne eine Antwort zu geben. Er bemühte sich, dazu ein überraschtes Gesicht zu machen.
Der große Stallbursche machte dicke Backen. Er überlegte wohl.
"Seit ungefähr zwei Jahren", antwortete ein anderen an seiner Stelle, der wohl schon länger hier arbeitete.
"Da warst du noch neu hier", sagte er zu dem Jungen neben sich.
"Damals hat er den Gaul aus dem Stall von Torrestas stehlen lassen. Damit hat er die Fehde zwischen den zwei reichsten Familien in dieser Gegend wieder aufleben lassen."
"Das geht wohl schon länger?"
Die Burschen lachten über seine Unwissenheit.
"Das geht schon über mehrere Generationen! Irgendwann hatte ein Torrestas dem alten Hargasses die Frau geraubt. Wahrscheinlich ist sie aber eher mit ihm durchgebrannt, weil sie die Nase voll hatte von dem Staub und der Hitze hier."
"Seitdem fallen sie ständig gegenseitig übereinander her", erklärte ein anderer Bursche kopfschüttelnd.
"Ausbaden müssen wir das natürlich!"
"Erst wenn keiner mehr von den Familien übrig ist, wird endlich wieder Ruhe in dieses Land einziehen.

Vorher bestimmt nicht!" Das waren gewagte Worte für einen jungen Mann, vor allem wenn Jannes daneben stand. Der hörte aber mit gleichgültiger Miene zu. Hänsten war nicht weiter erstaunt. Diese Geschichten geschahen überall auf dieser Seite der Welt. Und dann wurden Leute wie er gerufen, um die Fehden zu beenden.

Jannes näherte sich der Gruppe, sagte aber erst nach einer Weile etwas.

"Ihr solltet euch wieder um die Arbeit kümmern! Dummes Zeug schwatzen könnt ihr heute Abend! Und diesem Kerl würde ich nicht über den Weg trauen!"

Er zeigte kurz auf Hänsten.

Die jungen Männer ignorierten seine Worte noch eine Zeitlang. Sie redeten eine Weile noch über Belanglosigkeiten und verstreuten sich dann schließlich.

Sie würden Hänsten ohnehin nicht den unwissenden oder naiven Neuling abnehmen, dessen war er sich sicher. Aber sie waren gleichwohl auch gespannt, wie er es anstellen wollte, das Pferd zu stehlen. Es war in diesem Punkt ein rein sportliches Interesse. Sicherlich würden sie auch aus Pflichtgefühl alles versuchen, ihn an der Tat zu hindern. Hänsten musste dazu auch noch an Jannes vorbei, das war wohl der interessanteste Punkt für die Knechte. Sie hatten offensichtlich wenig Sympathie für ihn übrig.

Der restliche Tag verging für die zurückgebliebenen Knechte viel zu schnell. Schon am frühen Nachmittag

kehrten einige Reiter zurück. Sie liefen mit einigen frisch gekauften Fohlen langsam zu den Stallungen. Nun kam auch wieder etwas Bewegung bei den Knechten auf. Sie mussten für die Ankunft von Hargasses alles herrichten.
Hänsten konnte später nur aus der Ferne beobachten, wie der Herzog mit seinem Tross sich näherte. Inzwischen stand die Sonne schon tief über dem Horizont. Es begann bereits angenehm kühl zu werden. Er sah einige erschöpfte Fohlen an sich vorbei laufen. Sie hatten bunte Schleifen in ihre Schweife geflochten bekommen.
Vor seinem Herrenhaus war der Herzog aus seiner Kalesche gestiegen und rief seinen wartenden Männern etwas zu. Er schien guter Dinge zu sein. Dieser Tag war wohl in seinem Sinne verlaufen. Hänsten wollte natürlich ebenfalls etwas von dem Pferdemarkt erfahren. Da würde er wohl auch nicht lange drauf warten müssen. Er sah schon die ersten Flaschen kreisen. Es erstaunte ihn, dass der Graf nicht eingriff. Aber vielleicht war das hier so üblich nach einem erfolgreichen Markttag.
Einige zogen kaltes Wasser aus dem Brunnen, um die neuen Fohlen abzukühlen. Auch die anderen Pferde wurden sofort gewaschen und gefüttert. Überall war eine beinahe fröhliche Geschäftigkeit ausgebrochen. Die Männer schienen gute Laune mitgebracht zu haben.

Hinter einem Haus spielte jemand auf einer Gitarre und sang dazu.
Hänsten nahm das alles in sich auf. So würde ungefähr die Gelegenheit aussehen, auf die er wartete.
Noch in dieser Nacht erfuhr er, dass seine nächste Gelegenheit gar nicht so weit in der Zukunft auf ihn wartete, wie er vermutet hatte. Er hörte einige Männer von dem traditionsreichen Pferderennen berichten, das in nur wenigen Wochen stattfinden würde. Das würde auf jeden Fall noch sehr viel aufregender werden, als der Pferdemarkt.
Das musste das Rennen sein, das Torrestas erwähnt hatte!
Sie unterhielten sich, mit welchen Strategien sie ihr Geld beim Wetten einsetzten sollten. Jeder hatte natürlich ein totsicheres System, um in jedem Fall zu gewinnen. Aber der absolute Favorit war natürlich Tempestos, den Hänsten bisher noch nicht einmal aus der Nähe gesehen hatte.
Doch es waren ja noch einige Tage Zeit das nachzuholen! Er durfte jetzt nichts überstürzen, denn Jannes würde ihn mit Sicherheit im Auge behalten!
Am nächsten Tag begann alles in Ruhe. Die Rückkehrer schliefen etwas länger.
Hargasses ließ sich auch nicht sehen. Die Tiere wurden wie jeden Tag gestriegelt und mit Wasser abgespritzt. Hänsten hatte zu tun, ständig Eimer mit Wasser zu füllen und zu den Pferden zu bringen.

Er hörte die Männer erzählen, das Hargasses am Vortag auf Torrestas gestoßen war. Die beiden konnten kaum von ihren Männern gebändigt werden, als sie nach einem kurzen Wortwechsel aufeinander losgehen wollten. Das hatte den Pferdemarkt dieses Mal richtig aufregend gemacht. Die Vormänner der beiden Herren brachten sie nur mit viel Zureden davon ab, sich vor allen Leuten wie betrunkene Raufbolde zu prügeln.
Hamilka sah Hänsten tief in die Augen. "Ich glaube deine Person wurde dabei genannt", erklärte der ehemalige Soldat und sah Hänsten tief in die Augen.
"Wie kommst du da drauf", fragte Hänsten überrascht.
"Torrestas der Trottel hatte so etwas kurz erwähnt! Er sagte so etwas wie, mit deinem Gaul ist es bald aus, wenn ich mich nicht irre. Was denkst du, meinte er wohl damit?"
Hänsten hob die Schultern. "Woher soll ich das wissen? Ich kenne diesen Mann nicht!"
Hamilka grinste ihn an. "Überzeugend lügen, musst du aber noch schnell lernen! Sonst könnte sich dein Hals bald in einer Schlinge wiederfinden. Hargasses ist alles Mögliche, aber nicht dumm!"
Hänsten sah dem großen Mann eine Weile hinterher und dachte nach. Was wollte ihm sein Gönner damit andeuten? War er jetzt aufgeflogen und sollte er sogleich verschwinden?
Er wusste im Augenblick nicht, was er tun sollte. Das Naheliegenste war in seinen Augen, ruhig abzuwarten,

was geschehen würde. Er war sich sicher, dass Hamilka ihn nicht verraten würde! Hänsten wüsste nur zu gern, was der ehemalige Söldner für ein Interesse an ihm hatte.
Die nächsten Tage vergingen ganz normal. Hänsten hatte alle Hände voll zu tun und tat die Arbeiten unter einer gewissen Anspannung. Er rechnete weiterhin damit, dass man ihn packte und am erstbesten Balken aufhängte. Doch trotz aller Befürchtungen geschah nichts. Allerdings konnte er auch in den Augen der anderen Männer eine gewisse Anspannung erkennen. Er hatte das Gefühl nun auf Schritt und Tritt von dutzenden Augen beobachtet zu werden.
Doch die Tage vergingen und es geschah nichts. Alles lief in gewohnten Bahnen.
Hargasses hatte sich seine gute Laune einige Tage bewahrt, aber mit dem Näherrücken des Rennens wurde er täglich gereizter und schroffer.
Hänsten machte sich jetzt stets die Mühe verschlungene Wege zu nehmen, wenn er sich zwischen den Ställen und der Küche bewegte. Damit wollte er dem Spitzel zu verstehen geben, dass er von seiner Anwesenheit wusste. Er wollte auch nicht dem Grafen ständig auf sich aufmerksam machen.
Doch niemand schien sich für ihn zu interessieren, wenn man von Jannes einmal absah. Keiner der anderen Knechte sprach ihn an oder machte verstohlene Andeutungen. Umso mehr hatte Hänsten das Gefühl jetzt besonders wachsam sein zu müssen.

Regen

Ein Woche darauf wurde aufgeregt auf den Horizont gewiesen. Dort ballten sich dichte Wolken zusammen. Einen halben Tag später hatten sie das Anwesen von Hargasses erreicht und eine Sturzflut ergoss sich über das durstige Land.

Die Knechte mussten feststellen, dass einige Dächer undicht waren und alles in den Häusern unter Wasser stand. Die Aufräumarbeiten dauerten Tage, so das Hänsten kaum Muße hatte, sich über sein Vorhaben Gedanken zu machen.

So hatte er jedoch mehrmals Gelegenheit in den Stall des Wunderhengstes zu gelangen. Er musste dort trockenes Heu hineinbringen und einige Pfützen hinaus ins Freie leiten.

Was Hänsten in dieser arbeitsreichen Zeit weiterhin nicht gelang, war den Männern etwas näher zu kommen. Sie mieden ihn, wo sie konnten. Vielleicht ahnten sie instinktiv, was er vorhatte und wollten nicht damit in Verbindung gebracht werden.

Er konnte einige Zeit nach dem Regen Tempestos wieder auf seiner eigenen Koppel sehen. Dort wurde es von nur einem Reiter namens Ernest geritten und auch an der Longe geführt. Niemand anders wurde näher an das Pferd herangelassen. Der Hengst wurde inzwischen sogar von zwei Wächtern ständig im Auge behalten. Hänsten konnte nun auch bemerken, dass

sich ständig einige Knechte in seiner Nähe aufhielten. Das wurde immer so arrangiert, dass es wie reiner Zufall aussah. Das erheiterte Hänsten etwas und er spielte sogar etwas mit seinen Bewachern, indem er in Richtung des Stalles lief und dann vor dem Tor eine andere Richtung einschlug.
Daraufhin wurden die Wachen um Tempestos Stall verstärkt. Es war aussichtslos, eine Versuch zu starten, unbemerkt den Hengst zu entführen.
Hänsten sah wenig Aussicht auf Erfolg, selbst wenn er die Wächter niederschlug und dann ins Blaue davon galoppierte. Er war etwas frustriert und ihm blieb nichts weiter, als in Geduld zu üben. Das fiel ihm nicht leicht, denn er hatte das Leben auf dem Gestüt gründlich satt. Dieser unsinnige Kult um die Pferde ging ihm inzwischen gehörig gegen den Strich!
Ihm fiel eines Tages auf, dass er nicht mehr ohne weiteres sagen konnte, wie viele Wochen er schon hier war. Das alarmierte ihn. Er musste seinen Auftrag schnellstens zu Ende bringen!
Hamilka hielt sich inzwischen auch von ihm fern, als wollte er nicht mit Hänsten in Verbindung gebracht werden. Das war für ihn ein weiteres alarmierendes Zeichen.
Hänsten wurde auch selten zu den Pferden eingeteilt, meistens musste er das Futter zusammenstellen und das Heu in den Ställen tauschen.

Dabei eignete er sich einige Fähigkeiten an, so dass er ohne Probleme auch später in anderen Stallungen arbeiten könnte. Das war natürlich nicht sein Ziel. Überhaupt nicht.
Nachts träumte er immer öfter vom Kaltfjord. Er sah dann jedes Mal das Gesicht eines kleinen Mädchens. Dann überlegte er am Tag darauf, ob er das als Aufforderung deuten sollte, endlich aufzubrechen und dorthin zu reisen.
Er würde das auch zu gegebener Zeit tun, doch im Augenblick hatte er einen Auftrag zu erledigen, auch wenn ihm das immer schwieriger vorkam.
Einige Tage später wurden die älteren Stallknechte unruhig. Hänsten konnte den Grund erst einmal nicht herausfinden.
Erst eine Küchenfrau erkannte sein Unverständnis und erläuterte ihm den Grund. Sie sah ihn dabei belustigt an.
"Junge, du weißt nicht, was in drei Tagen geschehen wird?"
Hänsten verneinte.
"Hast du noch nichts von dem berühmten Rennen in Belecapicas gehört? Das kennt hier jeder in der Gegend!"
Zwar hatte Hänsten davon schon seit einiger Zeit davon Tuscheln gehört, dass der Termin jetzt aber plötzlich heran war, wusste er jedoch nicht. Das veränderte sofort alles!

Er hatte nun die Wahl das Pferd vor oder nach dem Rennen zu stehlen. Darüber zerbrach er sich eine Zeit lang den Kopf. Das Beste wäre natürlich wenn er den Hengst während des Rennens oder kurz danach direkt in Belecapicas stehlen würde. In dem Durcheinander wäre es seiner Ansicht nach viel leichter zu entkommen. Doch dieser Wunsch würde ihm wohl nicht erfüllt werden. Er würde auch dieses Mal hier bei den Ställen bleiben und auf die Rückkehrer warten müssen.
Er verbrachte einige Nächte mit fruchtlosen Gedankenspielen zu, wie er mit diesem verdammten Gaul flüchten konnte.
Er kam weiterhin sehr selten an dessen Stall heran. Die Wachen wurden in den letzten Tagen vor dem Rennen sogar verdoppelt. Jannes grinste ihn jedes Mal wissend an, wenn sie sich irgendwo trafen.
Ahnte oder wusste Hargasses inzwischen etwas von seinem Vorhaben? Hatte ihn Hamilka schon ans Messer geliefert?
Doch nichts geschah. Niemand versuchte ihn zu fesseln oder einzusperren.
Das gesamt Gestüt schien nur von einer ungeheuren Erregung erfasst worden zu sein.
Jemand hatte sogar an einer Wand in der Unterkunft die Tage bis zum Rennen abgestrichen. Alles auf dem Anwesen schien sich nur noch auf dieses Ereignis hinzubewegen. Doch was geschah danach? Vielen dann Sternschnuppen vom Himmel?

Hänsten verstand einmal mehr nicht, was in den Köpfen der hiesigen Menschen vor sich ging.

Der Tag vor dem Rennen

Ganz plötzlich war der Tag vor dem Rennen da. Es hatte eine Zeitlang ausgesehen, als ob dieser Tag nie kommen würde, oder sich extra Zeit nahm.
Nun war er gekommen!
In der Nacht hatte es leicht genieselt. Das Wasser war aber schon kurze Zeit später wieder spurlos im Boden versickert.
Der Graf war schon früh auf den Beinen und schlenderte ruhelos auf seinem Anwesen herum. Mit barschen Worten schickte er seinen Männer hierhin und dorthin. Er schien sich in ein Nervenbündel verwandelt zu haben.
Das erstaunte Hänsten doch gewaltig. Er hatte ihn stets als sehr beherrschten Mann gesehen, den so schnell nichts aus der Ruhe brachte. Er war sogar recht Nachsichtig mit seinem Gesinde, doch das hatte sich nun geändert. Er war mürrisch und ungeduldig, wenn etwas nicht gleich nach seinem Sinne ging.
Das am nächsten Tag anstehende Rennen schien für den Grafen jetzt das wichtigste Ereignis überhaupt zu sein. Alle anderen Dinge die sonst keinen Aufschub duldeten, wischte er mit einer gleichgültigen Handbewegung einfach fort.

Selbst Hamilka konnte kaum mit dem Herzog ruhig reden, dessen einziges Sinnen auf dieses Rennen fokussiert war. Alles andere schien nebensächlich geworden zu sein.
Hänsten hatte dann die Eingebung, warum das so war. Der Graf würde dort auf seinen ärgsten Rivalen, Baron Torrestas, stoßen! Sie beide würde das Rennen unter sich austragen, alle anderen Teilnehmer waren nur Staffage.
Das hatte den Grafen Emile Hargasses in fast ekstatische Erregung versetzt, jedenfalls nach der Überzeugung von Hänsten.
Was hatten die beiden sich in ihrer Rivalität schon alles in der Vergangenheit angetan, fragte er sich. Es musste doch einiges mehr sein, als nur ein gestohlenes Pferd! Er wollte Hamilka dahingehend demnächst befragen.
Doch er bekam den ehemaligen Soldaten nicht zu Gesicht an diesem Morgen. Auch sein heimlicher Gönner schien eine schwere Zeit zu haben.
Er war auf dem Anwesen nicht zu sehen. Das kam Hänsten merkwürdig vor. Hatte der Graf ihn aus irgendeinem Grund fortgeschickt?
Darüber konnte ihm Hamilka nur selber Auskunft geben.

Endlich

Als dann endlich der lang ersehnte Tag heran war, wurde noch vor dem Morgengrauen ein großer Tross zusammengestellt. Die Männer waren alle bewaffnet und hatten sich ihre besten Sachen angezogen. Sie waren stattlich anzusehen. Doch an ihren Gesichtern konnte man erkennen, dass sie nicht sonderlich glücklich waren, jetzt nach Belecapicas aufbrechen zu müssen. Sie hatten dort wohl in der Vergangenheit keine guten Erfahrungen bei dem Rennen gemacht. Leider fand Hänsten niemanden, der ihm darüber nähere Auskunft geben wollte.

Für ihn stand aber fest, dass alles irgendwie mit dem Pferderennen zusammenhängen musste.

Schließlich trat der Graf Hargasses vor die Tür seines Hauses und sah sich stumm um. Der erste rote Schein kündigte den Morgen am Horizont an.

Die Männer hatten Fackeln in den Händen und sahen ihren Grafen abwartend an.

Man konnte nicht erahnen was er in diesem Augenblick dachte. Zur Feier des Tages hatte er sich eine breite, tiefrote Schärpe umgebunden, die auch seinen Bauch etwas kaschierte. Mit seinem Sombrero über dem ausdrucksvollen Gesicht sah er wirklich sehr vornehm aus. Seine Augen schienen unter der Hutkrempe im Schein der Fackeln beinahe zu glühen. Nach einem Handzeichen von Hargasses zog der Tross mit den geschmückten Pferden früh los. Niemand

sagte ein Wort. Die Zurückgebliebenen hörten nur das Rattern der Räder und das Schnauben der Pferde. Niemand sagte ein Wort. Es lag dafür eine große Anspannung in der Luft.
Einige der Reiter winkten stumm ihren Frauen zu, die ihren Ehemännern besorgt hinterhersahen.
Wiederum blieb nur eine Handvoll Stallknechte und Hänsten zurück. Er rechnete diesmal nicht damit, dass sie sich mit ihm raufen wollten. Sie schienen keinen Gedanken an ihn zu verschwenden, denn auch sie waren unruhig.
"Warum sind die Männer so ängstlich", fragte Hänsten schließlich einen fast zahnlosen Pferdeknecht, der wohl schon zu alt für die Reise nach Belecapicas war.
"Junge, denk selber nach! Was glaubst du, wie oft so ein Hengst gewinnen kann?" Er sah Hänsten beinahe mitleidig an.
"Nicht ewig", antwortete der dann schließlich.
Der Alte nickte zustimmend. "Genau! Davor hat Hargasses schon lange Angst. Es kommt die Zeit, da steht jemand mit einem jüngeren, schnelleren Pferd am Start! Stell dir nur vor, Torrestas hat vielleicht diesmal einen jungen Hengst im Rennen, der Tempestos einfach davonläuft! Was denkst du, was dann geschehen wird?"
"Hargasses wird durchdrehen?"
"Er wird durchdrehen und uns das Leben zur Hölle machen! Dann hat hier niemand mehr etwas zu lachen, das lass dir gesagt sein! Vor diesem Tag

fürchtet er sich schon seit langem! Vor diesem Tag fürchten wir uns alle schon lange!"
Hänsten begann langsam zu verstehen. Er sollte ein Pferd stehlen, das eigentlich schon zu alt war für Rennen! Das musste doch sein Auftraggeber auch wissen, wenn dieses Pferd ursprünglich ihm gehört hatte! Wozu dann der ganze Aufwand?
Es ging wohl nur um Demütigung und Rache! Um nichts weiter.
Baron Torrestas wollte seinen verhassten Gegner Hargasses nur vor allen Augen demütigen, mehr nicht! Belecapicas war dazu die beste Bühne, die man sich Hierzulande vorstellen konnte!
Hänsten konnte nur den Kopf schütteln, über solche Kindereien. Aber er wurde dafür gut bezahlt!
Nachdem sich der Staub gelegt hatte und die Reiter mit den Wagen in der Ferne verschwunden waren, legte sich eine gespannte Ruhe über das Anwesen. Nur ein Hahn krähte unbeeindruckt in der Ferne.
Die Zurückgebliebenen hatten jetzt genügend Muße sich irgendwo hinzusetzten und abzuwarten, was dieser Tag am Ende bringen würde. Hänsten wurde diesmal stillschweigend in der Runde akzeptiert.
Eine der Küchenfrauen versuchte an Hand der Wolkenformen den Ausgang des Rennens vorherzusagen. Heute schien ein nicht ganz so heißer Tag zu werden. Ein Tag, wie gemacht für ein Pferderennen!

Das wurde über eine längere Zeit heftig diskutiert. Irgendwann schlief das Gespräch dann aber ein und die meisten Zurückgebliebenen dösten im Schatten der Küche.
Hänsten ging zu seiner Schlafstelle und bereitete seine Sachen für einen schnellen Aufbruch vor. Er wollte bereit sein, egal was am Abend geschehen würde. Denn dann war der Zeitpunkt optimal. Die Männer waren erschöpft, ebenso die Pferde. Tempestos würde sich ihm nicht groß widersetzen, glaubte er zumindest. Ein weiterer Grund war, dass er es hier nicht mehr aushielt. Hänsten war es nicht gewohnt, so lange an einem Ort zu bleiben. Er hatte festgestellt, dass er hier weg musste, ehe ihn die Routine auf Hargasses Anwesen verschlang!
Die Menschen kamen ihm inzwischen zu nah und fragten ihn zu oft nach seiner Vergangenheit! Vor allem die Küchenfrauen waren in letzter Zeit sehr neugierig geworden.
Die Freiheit war ihm wichtig und essentiell!
Argwöhnisch sah er sich um, er hatte die Warnung Hamilkas nicht vergessen, dass er einen persönlichen Spitzel immer hinter sich hatte! Doch Jannes war diesmal mit nach Belecapicas geritten. Vielleicht musste ihn jetzt jemand anderes beobachten, obwohl Hänsten das nicht glauben konnte, wenn er sich die wenigen Pferdeknechte ansah.
Der Turm war auch nicht besetzt. Auch von dort hatte er nichts zu befürchten.

Es war niemand zugegen, der ihn hinterherschleichen konnte.
Selbst wenn er immer noch unter Beobachtung stand, würde das ihn von seinem Vorhaben auf keinen Fall abhalten!

Der Tag zog sich in die Länge. Es waren inzwischen alle Vermutungen und Wetten ausgetauscht worden. Man konnte nur noch abwarten.
Nachdem die Mittagshitze langsam abklang, erreichten die ersten Reiter das Anwesen. Die Männer sahen erschöpft aus und wurden mit großem Hallo begrüßt. Natürlich waren alle neugierig wie das Rennen gelaufen war.
Die Männer des Voraustrupps gaben sich jedoch wortkarg und bereiteten die Ankunft von Hargasses vor. Selbst die Küchenfrauen konnten kaum ein Wort aus den Männern herausbekommen. Es schien in Belecapicas nicht gut für den Grafen gelaufen zu sein.
Nach und nach erreichten weitere Männer das Anwesen. Sie waren erschöpft und sahen zum Teil auch sehr mitgenommen aus. Einige hatten Blessuren wie von einem Kampf davongetragen.
Natürlich war auch Hänsten interessiert zu erfahren, was in Belecapicas geschehen war.
Doch an diesem Abend blieb es bei unklaren Andeutungen. Es war, als ob verabredet worden war, über das Rennen vorerst nichts preiszugeben.

Immerhin sickerte schließlich aber doch bald durch, das Tempestos auch dieses Mal das Rennen gewonnen hatte.

Das Rennen

Hamilka berichtete seinem Protegé erst am späten Morgen des nächsten Tages, wie er das Rennen erlebt hatte.
Es fand natürlich wie üblich in dem kleinen Städtchen Belecapicas statt. Genauso, wie schon seit vielen Jahrzehnte zuvor. Der Weg dorthin war in gut zwei bis drei Stunden zu bewältigen.
Hargasses Knechte hatten in wochenlanger Arbeit alle Löcher auf dem Weg zur Stadt zu geschippt und den Weg peinlich sauber geräumt. Das geschah nicht wegen des Pferdemarktes, sondern weil der Herzog immer noch die Hoffnung hatte, nach dem gewonnenen Rennen Gäste mitzubringen und mit ihnen die Nacht durchzufeiern. Aber auch dieses Jahr fand sich niemand, der ihn auf sein Anwesen begleiteten wollte.
Das erboste den Grafen ungemein. Denn er wollte jedem vorführen, wie gut seine Pferde waren.
Leider interessierte das kaum jemanden des Adels aus Terfoate. Sie wetteten auf seinen Sieg und gewannen, damit war das Interesse an seinen Pferden auch schon

erschöpft. Doch welches Rennen war schon interessant, wenn im Vorfeld schon klar war, wer gewann. Von der sportlichen Seite aus gesehen hatte sich Hargasses viele Feinde gemacht, die es lieber gesehen hätten, wenn er endlich einmal wieder verlieren würde. Damit würde das Wettgeschäft auch endlich wieder spannender und auch sportlicher.
Im Grunde war er für sie ja auch nur ein Großbauer mit einem Titel, der zu Geld gekommen war. Das alles nage schon lange Zeit an Hargasses Stolz.
Belecapicas quoll vor dem Rennen aus allen Nähten. Viele Zuschauer hatten sich aus dem Umland eingefunden, um daran Teilzunehmen. Sie bevölkerten wie jedes Jahr die Ringstraße um den inneren und reicheren Teil der kleinen Stadt, der nun die Rennstrecke darstellte. In der Mitte dieser Strecke standen die Häuser der Händler und das Rathaus. Sonst fand dort der Markt statt. Hin und wieder wurde auch jemand am Schandpfahl ausgepeitscht.
Zur Zeit des Rennens gab es dort immer Getränke und Gebäck. Doch vor dem Rennen hatte niemand Zeit dort etwas zu kaufen. Die Aufregung war zu groß, denn diese Rennen waren in der Vergangenheit immer für eine Überraschung gut gewesen, zumal die beiden ewigen Kontrahenten auch ein weiteres Mal wieder aufeinanderstoßen würden. Vielleicht würde ja diesmal tatsächlich das undenkbare geschehen und Hargasses würde verlieren!

Die Bewohner der Stadt hatten jedes leere Zimmer an Schaulustige vermietet. Das Geschäft mit den Gästen lief jedes Jahr besser, dank der Vorkommnisse am Rande des Rennens. Das sollte hoffentlich auch dieses Jahr nicht anders sein!
Lange vor dem Startsignal drängten sich die Zuschauer schon am Straßenrand.
Die Strecke war mit Stangen abgesteckt worden, an denen bunte Wimpel flatterten. Diese Anordnung wurde schon seit Jahrzehnten so aufgebaut und niemand würde sich getrauen, auch nur einen Wimpel an eine neue Stelle zu stellen!
Es wurde erst wirklich spannend, als die beiden Erzrivalen in Belecapicas ankamen. Jeder von einer anderen Seite, so wollte es inzwischen die Tradition.
Die Schaulustigen hielten den Atem an, als die beiden Edelmänner den Platz betraten.
Natürlich war dafür gesorgt worden, dass die beiden Erzrivalen nicht sofort aufeinandertrafen. Das würde sicherlich von ganz allein später geschehen.
Mit ihrem Erscheinen in Belecapicas begann das Städtchen aber augenblicklich zu kochen!
Der Bürgermeister wischte sich den Schweiß von der kalten Stirn. Auch wenn er es nicht zugab, dieser Augenblick war wichtig. Denn erst jetzt würden die Gäste in der Stadt zu den Verkaufsständen kommen und kaufen, um später etwas vorweisen zu können!
Die Zuschauer sahen ihre Erwartungen auch alsbald erfüllt, denn die beiden Edelmänner gerieten schon bei

der Aufstellung der Reiter aneinander. Das war umso unverständlicher, weil die Startaufstellung von einem Unparteiischen Kaufmann ausgelost worden war. Aber so war es schon seit vielen Jahren, wie eine lange eingeübte Choreographie. Die Diener des Bürgermeisters mussten die Streithähne am Ende wieder energisch auseinanderzerren.
Dann bahnten die Stadtwachen für den wichtigsten Mann dieser Veranstaltung den Weg. Richter Ernesto Badugin, ein recht alter Mann, lief langsam mit hölzernen Bewegungen zu seinem Hochsitz, von dem er das Rennen im Auge behalten wollte. Es war seine Aufgabe Regelwidrigkeiten zu ahnden. Das tat er schon seit einigen Jahren und hatte deshalb mit den beiden Streithähnen schon seine Erfahrungen gemacht.
Die beiden Edelmänner waren schon längst dabei sich gegenseitig zu beschimpfen und über die Startaufstellung zu diskutieren.
Schließlich musste der Richter ein Machtwort sprechen, sonst hätten beiden Edelmänner noch stundenlang um den Vortritt und die Startauswahl gestritten, der schon lange vor dem Rennen ausgelost worden war. Die Streiterei zwischen den beiden wollten die Zuschauer ohnehin nicht hinnehmen, sie wollten nun endlich das Rennen sehen!
Hargasses und Torrestas mussten sich dem alten Richter Ernesto Badugin unterwerfen. Er verkündete noch einmal die Startaufstellung und gab dann auch

das Zeichen zum Beginn des Rennens. Dafür schlug er auf einen scheppernden Gong.
Natürlich hatten alle anderen Teilnehmer schon im Vorfeld versucht, auch für ihre Reiter einen guten Startplatz zu erkaufen. Hargasses und Torrestas waren bei weitem nicht die Einzigen, die dort ihre nervösen Pferde und Reiter in Belecapicas antreten ließen!
Insgesamt standen elf Reiter an der Startlinie. Doch zuerst spielte die angetretene Kapelle die Hymne von Terfoate. Es war dankenswerter Weise ein recht kurzer Musikalischer Erguss, den die Reiter und ihre mühsam gebändigten Pferde mit sichtbarer Ungeduld über sich ergehen ließen.
Dann endlich wurde eine Feuerwerksrakete gezündet und die Pferde stürmten unter dem frenetischen Jubel der Zuschauer los.
Da Hargasses den Rennrichter schon im Vorfeld böse beschimpft hatte, durfte sein Pferd überraschend nur am äußeren Rand antreten, das war Strafe genug für den Grafen!
Torrestas hatte zu diesem Rennen natürlich auch sein bestes Pferd mitgebracht. Er hatte im Vorfeld schon Gerüchte gestreut, dass dieser junge Hengst den alten Champion mühelos überrunden würde. Die Wetten schossen daraufhin in den Himmel.
Unter viel Tamtam war der neue Hengst an die Startlinie gebracht worden, dafür hatte Torrestas sogar einige Musiker einen Tusch aufspielen lassen.

Der Name des Hengstes wurde laut angekündigt. Er hieß Fulgoures und kam nach dem Start auch sofort gut ins Rennen. Der knapp dreijährige Hengst belegte sogar nach kurzer Zeit die Spitze und führte das Feld sogar einige Zeit an. Das machte aber Tempestos scheinbar mühelos schon in der vierten Runde wieder wett. Wie ein Pfeil schoss er an dem jungen Hengst unter dem Jubel der Zuschauer vorbei.
Immerhin hatte Fulgoures seine Führungsposition zur allgemeinen Überraschung einige Runden lang verteidigt, ehe Tempestos, der fast doppelt so alt war, letztendlich doch an ihm vorbei zog. Die Zuschauer waren außer sich, als der ewige Favorit wieder in Führung ging.
Alle anderen Verfolger waren inzwischen schon deklassiert. Es ging jetzt nur noch darum, wer von den beiden Favoriten den längeren Atem hatte.
Sandbrocken und kleine Steine flogen durch die Gegend als die schweißnassen Pferde an den jubelnden Zuschauern.
Alle Reiter trieben trotzdem ihre Tiere weiter gnadenlos an. Niemand von den anderen Reitern wollte sich die Blöße geben, vom Hauptfeld abzufallen.
Ein Wächter schwang plötzlich seine Peitsche, um die nach vorn drängenden Zuschauer von der Rennstrecke fernzuhalten.
Baron Torrestas packte ihn außer sich vor Wut hart am Unterarm. In seinen Augen stand Mord geschrieben.

"Bist du närrisch? Willst du hier das Rennen umdrehen?" Der Mann wurde kreidebleich und entschuldigte sich erschrocken. Das genügte dem wütenden Baron aber nicht.
Er gab diesem Aufseher einen Tritt in den Hintern, so dass er sich auf der Erde wiederfand. Wütend starrte der am Boden liegende den Edelmann an. Die Faust um seinen Knüppel wurde beinahe weiß.
Aber er konnte sich beherrschen, nur seine Hand krallte sich wütend in den Staub.
Der Rennrichter wollte das Rennen nach diesem Vorfall schon beinahe wegen unsportlichen Verhaltens unterbrechen, aber die zahlreichen Zuschauer riefen ihm empört zu, das zu unterlassen. Der alte Richter fügte sich gleichmütig dem Volkswillen, denn bei Pferdewetten verstanden die Männer aus dieser Region absolut keinen Spaß! Eine falsche Entscheidung könnte ihm sogar das Leben kosten! So wichtig nahm das der alte Richter dann doch nicht, das Rennen lief weiter.
Einige Pferde schieden bald darauf durch Stürze aus. Es war eine Verfolgungsjagd, die den Zuschauern lange in Erinnerung bleiben würde! Gegen Ende des Rennens verwandelte sich die Strecke in einen Hexenkessel. Gestürzte Pferde schrien, die Menge johlte begeistert und feuerte die beiden Favoriten lauthals an. Staub wirbelte und nahm den sitzenden Damen die Sicht. Torrestas schrie nach der Hälfte des Rennens, das hier Betrug im Spiel sei. Er wurde vom Richter mehrmals

zur Ordnung gerufen und musste schließlich sogar kurzzeitig den Platz verlassen. Torrestas Männer begannen daraufhin einen Händel mit Hamilka und den anderen Pferdeknechten von Hargasses. Bald war eine große Schlägerei im Gange, die das Pferderennen zu überschatten drohte. Einem Teil der Zuschauer wäre dadurch fast der knappe Zieleinlauf der Pferde entgangen!

Am Ende triumphierte Tempestos mit beinahe anderthalb Längen vor seinem jungen Verfolger Fulgoures. Der junge Hengst würde nächstes Jahr wohl der Favorit sein!

Torrestas hatte einen hochroten Kopf und brüllte jeden an, der ihm zu nahe kam. Er witterte überall Verrat! Er schrie auch in blinder Wut den alten Richter an und bedrohte ihn mit einer Reitgerte. Er verlangte das Rennen wiederholen lassen, da eine vornehme Dame mit ihrem Sonnenschirm seinen Hengst abgelenkt hätte.

Der Richter lehnte das natürlich ab! Daraufhin wurde der Baron lauter.

Erst ein paar herbeieilende Büttel konnten ihn schnell wieder zur Räson bringen.

Indessen wechselten viele große und kleine Geldsäcke die Besitzer. Im nächsten Jahr gab es nun endlich einen vielversprechenden Favoritenjäger, Fulgoures! Das nächste Rennen versprach eine Zeitenwende zu werden und drohte für Hargasses in einem Fiasko zu enden! Er musste sich nach einem neuen Rennpferd

umsehen! Das brachte den Grafen in Rage, denn das war der Zeitpunkt vor dem er sich schon lange fürchtete.
Die anderen Teilnehmer brachten ihre erschöpften Pferde schnell in Sicherheit, bevor weitere Auseinandersetzungen zwischen den beiden verfeindeten Edelmännern ausbrachen. Niemand wollte in diese Fehde mit hineingezogen werden. Das sollten die beiden Männer unter sich ausmachen!
Hargasses zeigte sich offen schadenfroh über den zweiten Platz seines ewigen Kontrahenten Torrestas. Zwischen ihnen wäre es daraufhin um ein Haar zu einer peinlichen Rauferei gekommen. Sie hatten sich schon gegenseitig gepackt und begannen aufeinander einzuschlagen. Hamilka konnte die Prügelei gerade noch verhindern, indem er sich zwischen die beiden Streithähne stellte.
Es war ein ungewisser Augenblick in dem sich die beiden Caballeros schließlich wieder fingen. Sich wüste Beschimpfungen an den Kopf werfend gingen sie schließlich wieder auseinander.
Der Richter Badugin sah dem Treiben der beiden Männer nur Kopfschüttelnd zu. Er hoffte im nächsten Jahr im Ruhestand zu sein und dieses Theater nicht mehr beaufsichtigen zu müssen.
Hargasses nickte Hamilka später dankbar zu. Er befahl dann den raschen Aufbruch, damit sich die Situation wieder beruhigte.

Sie konnten endlich nach diesem peinlichen Zwischenfall heimkehren.
Auf dem Anwesen wurde später ein großes Gelage veranstaltet. Fast alle Knechte und Mägde nahmen daran teil.
Hänsten hielt sich Abseits, er war immer noch neu und gehörte nicht zu dem Gesinde des Grafen.
Er konnte die lauten Gesänge auch am anderen Ende des Anwesens gut hören. Er war damit beauftragt, die zurückgekehrten Pferde zu versorgen. Der Stallmeister hatte ihm die Anweisung gegeben und ihm einen schadenfrohen Blick zugeworfen.
Hänsten hatte nur stumm genickt und lief langsam los. Er sah es als eine einmalige Gelegenheit!

Die Gelegenheit

Tempestos stand allein angebunden vor seinem Stall. Niemand kümmerte sich im Augenblick um den Champion. Der Sieger des Tages schien vergessen worden zu sein. Er hatte seine Pflicht getan und das Rennen gewonnen. Nun waren wieder andere Dinge wichtiger.
Hänsten entzündete ein Sturmlicht.
Das Pferd wirkte erschöpft. Dennoch war ihm anzusehen, warum er weithin berühmt war.
Seine schlanke, sehnige und dennoch muskelöse Figur war perfekt geformt.

Das Pferd strahlte ungezügelte Kraft und Wildheit aus. Tempestos war das ultimative Rennpferd! Er war der Beste seiner Klasse und schien das auch zu wissen. Im Augenblick war er jedoch am Ende seiner Kräfte. Das konnte man kaum übersehen. Mit hängendem Kopf stand er angebunden vor seinem Stall und ließ Hänsten gewähren.
Das war für Hänsten ein Hinweis, dass die Zeichen gut für ihn standen.
Jetzt war plötzlich die eine Gelegenheit gekommen, sein Vorhaben zu wagen! Eine weitere würde sich in naher Zukunft nicht bieten! Hänsten würde sie nutzen! Er warf dem Pferd Futter in die Raufe und sah sich vorsichtig um. Um das Herrenhaus herum waren viele Lichter entzündet worden. Dort saßen fast alle Knechte an langen Tischen und zechten. Neben dem Haus saß Hargasses im Kreise seiner Vorarbeiter. Hinter ihnen spielte eine Kapelle. Die Zurückgekehrten waren alle mit sich beschäftigt und erzählten zum wiederholten Male wie das Rennen abgelaufen war. Immer wenn die Geschichte endete, bejubelten sie lautstark den Sieg Tempestos.
Allesamt waren sie auch dank des Alkoholpegels mit sich selbst beschäftigt.
Wie sagte sein Vater immer, dem Mutigen gehört die Welt. Doch er musste erst einmal sehen, ob sein Fluchtweg frei war. Langsam lief er an dem Stall vorbei und sah sich aufmerksam um. Er ging einige Schritte in Richtung Haupttor. Dort stand niemand. Dieser Weg

war tatsächlich frei! Das konnte Hänsten beinahe gar nicht glauben.
In den anderen Ställen gab es im Augenblick nichts mehr zu tun. Der Großteil der Stallburschen versuchte nun ihren Teil von dem Gelage zu ergattern. Einige fast Betrunkene stimmten immer wieder Lieder an, die sich für Hänstens Ohren immer gleich anhörten. Von überallher stimmten dann andere Betrunkene laut in den Refrain ein.
Nach und nach wurden auch einige Instrumente hervorgeholt. So konnte er sich ein Bild machen, wo hier überall Leute steckten. Bald würde keiner von ihnen in der Lage sein, ihn aufzuhalten. Viele der Knechte waren schon so betrunken, das sie sich schon jetzt kaum noch auf den Beinen halten konnten!
Einige wenige Stallburschen nutzten die Zeit, um ihre Arbeiten noch zu beenden. Sie taten das hastig und mit sichtlicher Unlust, es war für sie wahrscheinlich eine Strafarbeit für irgendein Vergehen.
Vom Herrenhaus klang kultiviertere Musik herüber. Einige Küchenfrauen tanzten hinter der Küche dazu. Auch dort war der Alkoholpegel inzwischen schon recht hoch. Laut riefen sich die Vorarbeiter noch einige Male den Hergang des Rennens zu. Dabei hatten sie große Probleme noch die richtigen Worte zu finden.
Hänsten konnte sich mühelos außerhalb der Lichter an ihnen vorbeistehlen. Er wollte vor der Tat noch sehen, wer ihn eventuell an den Nebentoren noch aufhalten konnte. Er hatte eigentlich nicht vor, den Weg aus dem

Hauptausgang zu nehmen. Etwaigen Verfolgern wollte er es nicht zu einfach machen.
Es kam Hänsten beinahe unwirklich vor, nicht einen Wächter an den Toren zu sehen. Sollte ihm der Graf eine Falle gestellt haben?
Mit diesem Gedanken hielt er sich jedoch nicht lange auf. Zielstrebig lief er wieder auf den Stall gegenüber dem Herrenhaus zu, wo sich der Hengst befand. Er blieb dabei im Schatten. Der Hengst schnaubte leise, als er Hänsten bemerkte. Der Stallbursche hatte hier schon seine Arbeit getan und war wohl inzwischen in Richtung der Feiernden verschwunden.
Ohne jemanden weiter zu begegnen, konnte er den sonst immer abgesperrten Stall betreten. Niemand war hier, um ihn aufzuhalten. Eigentlich hatte er jetzt mit Jannes gerechnet.
Hänsten orientierte sich schnell. Er war erst ein oder zweimal hier gewesen und wollte auch nicht lange verweilen.
So erschöpft der Hengst auch war, Tempestos hatte seine Nüstern schon gebläht und schnaubte den ungebetenen Gast an. Es sah aber eher halbherzig aus, der Hengst war einfach entkräftet.
Hänsten nahm eine Gerte von der Wand und schlug gegen das Gatter. Der Hengst machte einen Schritt vom Tor weg.
Hänsten sah sich noch einmal misstrauisch um, ehe er den Pferch langsam öffnete.
Tempestos tänzelte aber nur nervös hin und her.

Draußen vor den Ställen wurde die Stimmung immer ausgelassener. Die Lieder wurden lauter vorgetragen. Vorsichtig legte Hänsten dem Hengst das Zaumzeug an. Er hatte sein eigenes Bündel schon bei sich. Tempestos hob zwar den Kopf etwas höher, doch er ließ es geschehen.
Der schwierigste Augenblick war nun vorbei.
Langsam zog er den Hengst aus seinem Gatter. Er ließ sich ganz problemlos führen.
Am Tor hielt Hänsten an und sah sich um. Er griff noch schnell einen Sattel und legte ihn auf. Tempestos gefiel das nicht und er schnaubte leise.
Nachdem der die Riemen festgezogen hatte, sprang Hänsten kurz entschlossen auf den Rücken des Rennpferdes und trieb ihm heftig die Hacken in die Flanken.
Das Pferd raste trotz der Erschöpfung sofort los.
Es gab tatsächlich niemanden, der das Haupttor bewachte. Es gab für Hänsten kein Zaudern, dort entlang zu flüchten war der schnellste Weg. Aber die Strecke führte auch noch an den Wohnungen der Küchenfrauen vorbei. Doch das Risiko erschien Hänsten gering, dort zu diesem Zeitpunkt aufgehalten zu werden.
Es lief alles so einfach ab, dass ihm der Gedanke kam, in eine Falle zu laufen. Normalerweise stand dort immer jemand! Aber niemand lauerte ihm auf, niemand schrie Alarm! An diesem Abend wollte wohl keiner der Männer die Siegesfeier verpassen.

Nur ein aufmerksamer alter Herr, der vor seinem Haus hinter dem Haupttor stand, bemerkte das davon jagende Pferd und rief sofort Alarm. Das nahm anfangs niemand zur Kenntnis. Also rannte der Greis hysterisch schreiend auf das Anwesen des Grafen.
Es dauerte eine Weile, bis den aufgeregten Alten überhaupt jemand wahrnahm.
Schließlich lief ein aufmerksam gewordener Knecht schnell zum Grafen und berichtete, dass Tempestos gerade gestohlen wurde.
Hargasses sah ihn erst verständnislos an. Sein vergoldeter Trinkbecher fiel ihm aus der Hand und er schrie vor ohnmächtigen Zorn. Als er wieder einen klaren Gedanken fassen konnte, schrie er seine Männer an und verprügelte sie wahllos mit seiner Reitpeitsche, bis sie sich endlich erhoben.
Schlagartig war Ruhe. Die Musik und das Singen verstummten. Man hörte nur das Rauschen des lauen Nachtwindes. Das geraubte Pferd war inzwischen längst in der Dunkelheit verschwunden.
Die Männer sprangen zwar sofort auf, doch die Hälfte sank betrunken wieder zurück. Einige Stolperten über ihre eigenen Füße. Der Graf sank ohnmächtig vor Zorn auf seinen Stuhl zurück. Er warf einen resignierenden Blick auf seine jäh unterbrochene Siegesfeier.
Das gefürchtete Ereignis war nun eingetreten, Tempestos war gestohlen!

Die Flucht

Hänsten jagte das Pferd den Weg entlang, das Gewicht weit nach vorn gelegt, wie er es von Pietro gelernt hatte. Er war sich sicher, dass ihn niemand einholen konnte. Das Tor hatte er schon weit hinter sich gelassen. Was er nicht sehen konnte, war ein völlig betrunkener Bogenschütze dessen Pfeil in die Dunkelheit zielte.
Hargasses sah dies jedoch und schlug dem Mann die Waffe wütend aus der Hand.
"Bist du wahnsinnig, willst du etwa das Pferd töten? Ich werde dich morgen, wenn du wieder nüchtern bist, auspeitschen lassen, bis dir die Haut in Fetzen herunterhängt, du Narr!"
Der Schütze versuchte verzweifelt seinen Herren zu besänftigen. Seine Augen stierten dabei immer noch in die Dunkelheit. Er war sich sicher, dass er den Dieb vom des Pferdes geschossen hätte. Er hütete sich jedoch auch nur einen Ton zu sagen.
"Das Pferd ist mehr wert als deine ganze verlauste Familie zusammen", rief Hargasses außer sich vor Zorn. Er hatte sich noch immer nicht beruhigt. Keiner der Umstehenden war im Augenblick in der Lage ihn zu besänftigen. Das schien ihn noch wütender zu machen. "Hat dich etwa auch Torrestas geschickt, um mich vor der ganzen Welt zu demütigen?" Der Überbringer der schlechten Botschaft machte einige Schritte zurück.

Der Graf hatte sein Jagdmesser gezogen und verfolgte den unglücklichen Mann mit drohender Miene. Der Stallmeister stellte sich dem Grafen in den Weg und rief dem Mann zu, sich in Sicherheit zu bringen. Er stieß ihn unsanft außer Reichweite des Messers.
"Ihr habt euch alle gegen mich verschworen", klagte der Graf nun in einem beinahe weinerlichen Ton. Er sah sich verzweifelt um. "Ich war immer wie ein Vater zu euch, ihr undankbares Pack!"
Er winkte dann ungeduldig Hamilka zu sich, der noch nüchtern zu sein schien.
"Du machst dich mit einigen Männern sofort auf den Weg! Wohin er will, ist ja wohl keine Frage. Brenne Torrestas Haus nieder, wenn er wirklich dahintersteckt! Er soll das Pferd nicht bekommen! Tue alles, was nötig ist und bring mir Tempestos zurück! Egal ob tot oder lebendig!"
Hamilka nickte stumm und rief einige Leute zu sich. Sie rüsteten sich eilig aus.
Mit frischen Pferden versehen, machten sie sich bald darauf auf den Weg Hänsten zu folgen.

Die Sonne stand einige Stunden später hoch am Himmel und brannte gnadenlos auf Pferd und Reiter nieder.
Hänsten war natürlich klar, dass er bald Verfolger hinter sich haben würde. Sie würden jedoch nichts tun, was Tempestos irgendwie gefährden konnte, dessen

war er sich sicher. Hänsten musste schließlich bald eine Pause machen. Der Hengst war von dem Rennen noch erschöpft und würde die Flucht nicht lange durchhalten.
Leider war das Gelände zum Verstecken überhaupt nicht geeignet. Die paar krüppligen Bäume taugten nichts, um sich dahinter zu verstecken.
Er verlangsamte das Tempo. Tempestos lief nur noch in einem leichten Trab. Die Hitze begann zu dieser Zeit bereits unerträglich zu werden. Hänsten kam zu dem Schluss, dass der Hengst die Flucht nicht mehr lange durchstehen würde. Er hatte keine Ahnung, was er tun sollte, wenn der Hengst nicht mehr weiterlief. Sich einfangen lassen war jedoch keine Option für ihn. Doch noch war es ja nicht soweit.
Später stand er unvermittelt vor einem breiten Fluss, der trübes, braunes Wasser führte. Er schien eine beachtliche Strömung zu haben.
Schwimmend konnte das nur ein Desaster werden, zumal das Ufer relativ hoch und sandig war! Aber am anderen Ufer konnte er glücklicherweise eine Fähre sehen. Zwischen den beiden Ufern des Flusses waren einige Seile gespannt, an der die Fähre über das Wasser gezogen wurde
Mit ihr konnte er übersetzen, wenn sie rechtzeitig vor seinen Verfolgern hier eintraf. Neben ihm hing eine Glocke an einem Galgen. Er griff den Klöppel und läutete die Glocke beherzt, um den Fährmann auf sich aufmerksam zu machen.

Der winkte daraufhin, um Hänsten zu zeigen, dass er gleich zu ihm übersetzen würde.
Hänsten sah mit kaum gezügelter Ungeduld der Fähre entgegen. Seine Verfolger würden ihn bald eingeholt haben, wenn das so weiterging. Die Staubfahne der Verfolger näherte sich schnell. Er glaubte unter ihnen Hamilka zu erkennen. Aber er war sich nicht ganz sicher.
Dann, nach einer halben Ewigkeit, erreichte die Fähre endlich sein Ufer.
Der Fährmann sah ihn freundlich an und warf einen nachdenklichen Blick auf das entkräftete Pferd. Er zögerte kurz und warf Hänsten einen scheuen Blick zu. Dieser Mann wusste ganz offensichtlich, wer dieses Pferd war. Er winkte Hänsten trotzdem zu, auf die Fähre zu kommen.
Dessen Hand wanderte zu dem Griff seines Messers, doch der Fährmann stieß schon vom Ufer ab und zog mit Gleichmut an dem Seil. Quälend langsam überquerten sie nun schweigend den Fluss. Sein Fährmann sah seinen Fahrgast immer wieder neugierig an, blieb aber stumm. Kurz vor dem anderen Ufer sprach er dann schließlich doch Hänsten an.
"Herr, ist das ein Rennpferd?"
Hänsten nickte nur kurz. Seine Hand ballte sich unwillkürlich zur Faust.
"Ist das etwa der bekannte Hengst, der gestern wieder einmal das Rennen in Belecapicas gewonnen hatte?"

Langsam wanderte Hänstens Hand zu seinem Messer am Gürtel. Der Fährmann hob entschuldigend die Hände.
"Verzeiht meine Neugier Herr. Es geht mich wirklich nichts an! Es ist mir auch ziemlich egal, wer auf diesem Pferd sitzt!"
Endlich am anderen Ufer angekommen zahlte Hänsten dem Fährmann seinen Lohn. Der bekam wohl mehr als vermutet und zeigte den Weg entlang.
"An der nächsten Kreuzung müsst ihr Euch links halten Herr!"
Hänsten sah ihn überrascht an und dankte für diesen Hinweis.
"Bringt diesen Hengst so weit weg, wie es nur geht! Er hat schon zu vielen Männern und ihren Familien Unglück gebracht", rief der Fährmann Hänsten hinterher.
Der war schon aufgestiegen und ritt in die angegebene Richtung. Die Worte des Fährmannes hatte er kaum vernommen. Ein kurzer Blick über die Schulter sagte ihm, dass seine Verfolger schon das andere Ufer erreicht hatten und nun ungeduldig auf den Fährmann warteten.
Sie läuteten stürmisch die Glocke, doch der Fährmann hatte scheinbar alle Zeit der Welt.
Im langsamen Trab ließ Hänsten Tempestos laufen. Er wollte in der Hitze nicht das Tempo erhöhen. Er wollte das erschöpfte Tier schließlich lebend seinem Auftraggeber übergeben.

Nach einem kurzen Geräusch, fühlte er plötzlich einen brennenden Schmerz.
Ein Pfeil hatte seinen linken Oberarm gestreift und einen Riss in seiner Jacke hinterlassen. Er spürte ein wenig Blut an seinem Arm herunterlaufen.
Es war ein meisterhafter Schuss, stellte Hänsten fest.
Er verstand es als Warnung und als ein Geschenk.
Wenn der Schütze wirklich Hamilka war, verstand er nicht, warum er ihm bei seiner Flucht unterstützte. Das musste doch auf ihn selbst zurückfallen! Hargasses würde ihn doch bestimmt schlimmstes antun, wenn er den Hengst nicht zurückbrachte!
Doch jetzt war nicht die Zeit sich darüber Gedanken zu machen.
Reiter und Pferd erreichten hügliges Gelände und verloren die Verfolgter aus den Augen.
Alles schien hier aus glühenden Sand zu bestehen. Der Boden war heiß wie ein Ofen. Am Wegesrand tröstete kein Baum und kein Strauch das Auge.
Als er die Verfolger außer Sichtweite wusste, zügelte er das schwitzende Pferd. Er musste dem Tier eine Pause gönnen, wenn er es lebendig übergeben wollte.
Nach einem langen Blick hinter sich, stieg er ab und führte das Pferd am Zügel.
Tempestos war nun sanft wie ein Lamm. Das Pferd war verschwitzt und am Ende seiner Kräfte. Auch Hänsten hätte gegen etwas Schatten und ein kühles Getränk nichts einzuwenden. Nach seinen Schätzungen würde er noch mindestens einen Tag nach Stabecas

benötigen. Aber das musste auch nicht stimmen, vielleicht würde er sogar mehr Zeit benötigen.
Das war für seine Verfolger Zeit genug, um ihn einzuholen. Er war sich klar darüber, dass sie auch wussten, wohin er den Hengst bringen wollte. Im Grunde brauchten sie ihn gar nicht zu verfolgen. Eigentlich konnten sie ganz in Ruhe vor Torrestas Tor auf ihn warten. Früher oder später musste Hänsten dort eintreffen. Der Gedanke behagte ihm nicht. Aber er war sich auch sicher, dass auch sein Auftraggeber ein Auge auf seine Umgebung haben würde. Er würde in der Nähe von Stabecas nicht allein sein, wenn seine Verfolger dort auftauchten.
Leider fehlte ihm das Wissen um die Entfernungen in dieser ungastlichen Gegend. Er konnte sich eigentlich nur auf sein Glück verlassen, den richtigen Weg zu nehmen.

Eine Rast

Das nächste kleine Dorf war eigentlich nur eine Handvoll verstreuter, an den Boden gedrückter Hütten. Als es in Sichtweite kam, fühlte Hänsten wieder etwas Zuversicht in sich wachsen.
Er würde dort natürlich auffallen, wie ein bunter Hund. Doch wenn er die Straße verließ, würde er auf jeden Fall schnell in die Irre gehen. Das konnte in Terfoate schlimm enden, wie er inzwischen wusste.

Im Prinzip hatte er ja keine Wahl. Er musste sein Pferd tränken und ein Handvoll Heu und Hafer würde Tempestos auch gut tun.
Hänsten musste wohl oder übel das Risiko eingehen, da gab es keine Frage!
Er klopfte gleich an der ersten Tür, die nur angelehnt war. Er bekam keine Antwort und zog die Tür an dem heißen eisernen Griff auf.
Das Haus bestand nur aus einem Raum. In der Ecke war eine Kochstelle aus Steine errichtet. An der Wand gegenüber der Tür stand ein Tisch mit zwei Schemeln. Über dem Tisch hing ein Regal auf dem etwas kümmerliches Geschirr aufgestapelt war.
Dann gab es nur noch eine Truhe und zwei Bettgestelle auf denen Strohsäcke lagen.
"Bei uns gibt es nichts mehr zu stehlen", sagte eine müde Stimme hinter ihm plötzlich. Hänsten drehte sich langsam um.
"Das hatte ich auch nicht vor", erwiderte Hänsten bedächtig. Er schaute in ein zerfurchtes Gesicht, dessen Haut täglich der Sonnenglut ausgesetzt war. Die Augen des Mannes hingegen leuchteten blau und waren hellwach.
Hänsten ließ seinen Blick hinunterschweifen und sah ein kleines Messer auf seinen Bauch gerichtet.
Das gefiel ihm nicht, aber er blieb stehen. Der Mann sah nicht aus wie ein Mörder.
"Mein Pferd braucht etwas Wasser und wenn es Glück hätte auch etwas zu fressen."

Der Mann lächelte ihn ein wenig an. Das Messer verschwand unauffällig.
"Ich nehmen an, ihr werdet bezahlen Herr?" Er starrte Hänsten mit seinen blauen Augen aufmerksam an.
Hänsten nickte zustimmend.
"Ihr habt ein prächtiges Pferd da bei euch, Herr. Es ist doch sicherlich nicht eures?"
"Ihr habt es schon einmal gesehen?"
Der Mann nickte bedächtig.
"Das ist ein Pferd, das schon viele Männer in den Ruin getrieben hat und auch einige an den Galgen! Ich hoffe ihr wisst das, mein Herr! Es ist ein böser Dämon in Pferdegestalt!"
Hänsten nickte nun auch bedächtig.
"Ihr solltet es so weit wie es geht wegbringen, ehe es noch weitere Männer ins Unglück stürzt!"
Hänsten entgegnete dazu nichts. Es waren beinahe die gleichen Worten, die der Fährmann benutzt hatte. Er sah sich misstrauisch um, konnte aber nichts Verdächtiges entdecken.
Der alte Mann winkte seinem Gast und sie gingen hinter die Hütte.
Dort stand ein winziger Holzschuppen in dem auf dem Boden verstreut etwas Heu lag.
Der müde Hengst ging von ganz allein hin und begann zu fressen. Der Alte holte etwas Wasser aus einem Kübel.
"Hast du kein Wasserloch?"

"Die Löcher sind hier schon lange versandet, deshalb sind auch schon alle fortgezogen", erklärte der Alte. Er machte eine entschuldigende Geste. "Wo kann ich schon hin? Ich habe nichts, womit ich woanders neu anfangen könnte!"
"Wo könnte man denn hier neu anfangen", fragte Hänsten interessiert.
"Eine halbe Tagesreise weiter gibt es ein paar Wasserlöcher. Dort stehen auch ein paar Hütten."
"Dann lass uns dorthin gehen! Es wird doch abseits der größeren Wege liegen?"
Der Alte nickte eifrig.
Er hatte schon wenig später ein paar Habseligkeiten zusammengesucht und winkte Hänsten munter zu.
Sie liefen zu Fuß, denn Tempestos war erschöpft. Sie waren nun für ihre Verfolger mit ihren ausgeruhten Pferden leicht einzuholen. Aber die brütende Hitze würde natürlich auch ihnen zusetzen.
Hänsten machte sich dann und wann die Mühe ihre Spuren hinter ihnen zu verwischen. Der immerwährende leichte aber heiße Wind unterstützte ihn dabei. Er spürte ständig kleine Sandkörner auf seinem Gesicht. Das wurde mit der Zeit lästig.
"Ich bin dir ein Klotz am Bein", erklärte der Alte und blieb stehen. "Nimm das Pferd und reite langsam weiter. Hänsten lehnte entschieden ab.
Das Pferd war in seinen Augen zu erschöpft. Er wollte kein halbtotes Tier bei Torrestas abliefern. Das würde dann kein gutes Geschäft werden.

"Lass uns noch ein Stück zusammen gehen", erwiderte er nur. Der Alte nickte nur stumm, dann gingen sie langsam weiter.
Es dauerte eine kleine Ewigkeit bis sie einige an den Boden geschmiegte, graubraune Hütten in der Ferne sahen. Ungläubig sah er sogar einige halb vertrocknete Bäume dort in der Hitze wabern.
Hänsten glaubte zuerst einer Luftspiegelung aufgesessen zu sein. Der Alte zeigte jedoch triumphierend in die Ferne. Er nickte eine Weile mit dem Kopf, als müsste er sich selbst bestätigen.
"Siehst du, ich hab es dir gesagt! Wir brauchen keine Stunde mehr, dann sind wir da. Das Örtchen da vorn hat nicht einmal einen Namen. Da wohnen nämlich nur Leute, die nicht gefunden werden wollen."
Diese Nachricht ließ in Hänsten nicht unbedingt Zuversicht aufsteigen, aber zum Umkehren war es ohnehin zu spät.
Er wollte sich nicht mit Gesetzlosen herumschlagen müssen. Aber er hatte nun anscheinend keine Wahl mehr. Er brauchte Wasser und das Pferd brauchte ebenfalls Wasser!
Seine Befürchtungen bestätigten sich zunächst nicht. Niemand nahm Notiz von ihrer Ankunft. So sah es jedenfalls aus. Doch Hänsten glaubte nicht daran. Er hatte eher das Gefühl, von dutzenden unsichtbaren Augen durchbohrt zu werden.
"Es sieht so aus, als wenn keiner mehr hier ist", sagte der Alte mit etwas Verwunderung in der Stimme. Er

sah sich suchend um. Hänsten begann nun den Glauben an den Alten zu verlieren. Irgendetwas stimmte hier nicht!

Tempestos hatte hingegen das Wasser schon gerochen und lief ohne Hänsten los. Der war etwas überrascht und folgte dem Hengst sofort.

Hinter dem ersten Haus verschwand das Pferd, Hänsten musste sich jetzt beeilen, um es nicht aus den Augen zu verlieren!

Doch hinter der Hausecke schlug ihn etwas hart gegen den Schädel. Er verlor sofort das Bewusstsein. Dunkelheit umfing ihn.

Er hatte keine Ahnung, wie viel Zeit vergangen war, bis er wieder zu sich kam. Alles war schwarz vor seinen Augen.

Seine erste Befürchtung, erblindet zu sein, bestätigte sich dann doch nicht.

Es war einfach Nacht geworden und er lag noch wahrscheinlich in der gleichen Stellung auf dem staubigen Boden, wie er niedergeschlagen worden war.

Er tastete vorsichtig nach seinen Waffen. Sie waren natürlich alle fort.

Das missfiel ihm sehr. Doch immerhin war er nicht gefesselt worden. Das verstand er nicht, so etwas war sehr leichtsinnig!

Er atmete eine Weile und sah in den Nachthimmel. Der pochende Schmerz im Kopf ließ langsam nach.
Er hörte ein Geräusch, dicht neben sich. Ihm fiel sofort die Warnung von Mikaelas Vater ein. Die Schlangen krochen in der Nacht zu den warmen Körpern.
Er rollte sich von dem Geräusch fort und ging in die Hocke. Ihm schwindelte es sofort etwas. Er atmete langsam, bis es wieder klarer wurde in seinem Kopf. Leises Murmeln drang plötzlich zu ihm. Er war hier also nicht allein!
Hänsten wollte sich umsehen, aber zuerst musste er etwas trinken! Seine Kehle war völlig ausgedörrt und sein Kopf dröhnte.
Er sah im schwachen Licht der Nacht ein Pferdegatter. Dort musste es etwas zu trinken geben!
Er schlich sich langsam heran, dabei wurde ihm wiederum schwindlig. Er atmete langsam, doch der Schwindel blieb.
Die Pferde schnaubten unruhig, als sie die Gestalt bemerkten. Es schien aber kein Wächter bei ihnen zu sein.
Ein Stück weiter hörte er leises Lachen. Vielleicht amüsierten sich die Männer über seine Leichtgläubigkeit. Das ließ Wut in ihm aufsteigen. Wut die er beherrschen musste, sonst war es in dieser Einöde um ihn geschehen!
Das warme, schlammige Wasser brachte keine wirkliche Erfrischung. Es war noch aufgeheizt vom Tage. Aber es war im Augenblick besser als nichts.

Im Licht der Sterne konnte er die hier stehenden Pferde nicht unterscheiden. Er hatte aber ohnehin ohne Ortskenntnis keine Aussicht auf Erfolg, wenn er jetzt irgendwohin flüchten wollte. Die Männer hier würden ihn sicherlich schnell wieder eingefangen haben.
Am liebsten würde er sich einfach in die Tränke legen um den klebrigen Schweiß abzuwaschen. Das musste jedoch noch eine ganze Zeit warten.
Mit der hohlen Hand schöpfte er leise Wasser und benetzte sein Gesicht.
Das zeigte später auch Erfolg. Der Schwindel ließ nach. Langsam erhob Hänsten sich und atmete tief durch. Er sah in den klaren Nachthimmel. Unzählige Sterne hingen dort oben über ihm. Das macht ihn beinahe schwindlig. Er kreiste langsam mit den Armen und bewegte sich, um die Lebensgeister zu wecken.
Etwas munterer schlich er dann im Schatten der Häuser los, um herauszufinden, wo sich die lachenden Männer befanden.
Zwei Hütten weiter wurde er fündig. Es saßen dort ein knappes Dutzend Männer um einen runden Tisch herum, die eine Flasche kreisen ließen.
Der arme Alte, der angeblich unbedingt fortziehen wollte, saß munter mit in der Runde. Er schien mit den anderen gut bekannt zu sein.
Vielleicht war er sogar der Köder der Bande gewesen, um arglose Reisende hierher zu locken.

Bei diesem Gedanken überfiel Hänsten die kalte Wut, eigentlich mehr auf seine eigene Gutgläubigkeit, als auf das alte Schlitzohr. Ja, er musste fortan damit leben, auf einen wirklich dummen Trick hereingefallen zu sein.
Hänsten hatte von seinem Vater beigebracht bekommen, seine Wut zu beherrschen und sich die Glut aufzuheben für den richtigen Moment. Denn solche Momente gab es irgendwann in jedem Leben.

Hänsten hatte sich hinter eines der Häuser in eine Ecke gesetzt und wollte das Dämmerlicht abwarten. Dabei musste er wohl eingeschlafen sein. Als er die Augen aufschlug, war die Dämmerung schon dabei, in den Morgen überzugehen.
Erschrocken sah er sich um. Doch niemand schien ihn hier an der Hausecke bemerkt zu haben. Er musste sich erst einmal zu seiner alten Position zurückbewegen, um keine Aufmerksamkeit zu erwecken.
Das war beinahe unnötig. Er fand einen Wachposten schlafend an eine Hauswand gelehnt. Der Mann schnarchte vernehmlich.
Hänsten machte sich am Wassertrog der Pferde etwas frisch. Er durfte jetzt nicht ungeduldig werden.
Zu allererst musste er seine Waffen wiederfinden.
Danach würde sich alles andere von allein ergeben.

Leise schlich er von Tür zu Tür und stieß sie langsam auf. Er fand jedoch nur leere, längst verlassene Häuser vor.
Aber irgendwo mussten ja seine Sachen zu finden sein.
In einer Hütte, fast am Ende dieser verlassenen Siedlung, wurde er dann endlich fündig. Dort lagen einige Männer schlafen auf wackligen Pritschen.
Hier lebte eine richtige Räuberbande!
Langsam öffnete die Tür, die dabei etwas knarrte.
Niemand rührte sich, also trat er beherzt ein.
Kaltblütig stieg er über die Schlafenden hinweg und hatte seine Waffen schnell wiedergefunden.
Sie lagen ausgebreitet auf einem Tisch, an der Rückwand der Hütte. Anscheinend hatten die Männer diese Waffen ausgiebig begutachtet. Vielleicht waren sie sogar schon aufgeteilt unter den Banditen.
Vor der Tür legte er seine Bewaffnung sorgfältig an.
Noch einmal sollten sie ihn nicht übertölpeln!
Nun ging er wieder zurück zu dem Gehege der Pferde.
Tempestos hatte sich wohl inzwischen an ihn etwas gewöhnt.
Er ließ sich am Zügel nehmen und Hänsten legte den Sattel auf. Er verstaute sehr ordentlich seine Waffen und lief zum Ende der Ansiedlung.
Als er aufsteigen wollte, wurde er jedoch aufgehalten.
"Wo wollen wir denn hin, Fremder", fragte ihn eine lauernde Stimme.
Hänsten drehte sich langsam zu dem Sprecher um.

Der Mann hatte noch keinen klaren Blick, aber eine gespannte Armbrust in der Hand.
Der Pfeil zielte auf Hänstens Bauch.
"Du solltest besser hierbleiben. Wenn du dich hier in der Gegend verläufst, findest du nicht mehr nach Hause, das kannst du mir glauben!"
"Ihr seid alle viel zu besoffen, um mich zu verfolgen", erklärte Hänsten ernst.
"Du vergisst, dass es hier nur Sand und Sonne gibt! In der Umgebung stößt man öfter mal auf gebleichte Knochen. Ich sage dir, du kommst nicht annähernd bis Stabecas! Da willst du doch bestimmt hin!"
Hänsten war etwas deprimiert, dass ihm das auf die Stirn geschrieben schien. Er würde mit diesem Kerl jedoch leicht fertig werden!
Überraschenderweise standen aber kurz darauf noch drei Mann neben ihm. Sie schienen alle nur auf seinen Aufbruch gewartet zu haben.
Die Situation entwickelte sich zu seinen Ungunsten, es gab jedoch kein Zurück mehr!
"Leg deine Waffen auf den Boden, dann machen wir dir ein schnelles Ende", erklärte ihm der Alte mit den blauen Augen. Es klang beinahe wie ein großzügiges Angebot. Seine Augen leuchteten, als er Hänsten ansah.
"Die zweitbeste Lösung wäre, dich bis zum Hals in den Sand einzugraben und sterben zu lassen. Du würdest dann noch unsere Tierwelt hier kennenlernen, Vipern

zum Beispiel. Doch wir sind keine Unmenschen! Das solltest du nicht von uns denken!"
"Ihr wollt also nur mein Bestes", fragte Hänsten in die Runde, um etwas Zeit zu gewinnen. Die Männer nickten und lächelten ihm zu. In diesem Augenblick standen seine Aussichten, den Tag zu überstehen, äußerst schlecht. Das machte ihn jedoch ärgerlich. Er hatte seinen Auftrag beinahe erfüllt und wollte jetzt nicht an diesen abgerissenen Gestalten scheitern!
Ehe er jedoch etwas tun oder sagen konnte, wurde ihre Unterhaltung jäh unterbrochen. Sie hörten das ferne Donnern von Pferdehufen. Eine Trupp Reiter näherte sich schnell diesem Räubernest. Verwundert sahen sich die Banditen an.
Sie drehten sich schnell den herannahenden Reitern entgegen und holten ihre Waffen hervor.
Wer sollte sich hierher in ihren Unterschlupf verirrt haben?
Von seinem Standpunkt aus konnte Hänsten ein gutes Dutzend Reiter auf sich zukommen sehen.
Sie wirbelten viel Staub auf.
Hänsten war wirklich überrascht, als er das Gesicht von Hamilka erkannte. Er war ihm also weiterhin auf der Spur gewesen! Der Söldner hatte wohl seinen Plan von Anfang an erraten.
Heute war wahrlich kein guter Tag! Hänsten würde aber auf keinen Fall zu Hargasses zurückkehren!
Die Banditen waren ebenfalls verwundert und konnten sich kaum zu einer vernünftigen Gegenwehr

entschließen. Ein Mann sprang schnell auf ein Pferd und verschwand in der öden Steppe. Die anderen riefen ihm zornig hinterher, dass er ein Feigling sei. Doch er würde wohl als einziger den Tag überleben. Einige schlecht gezielte Pfeile flogen den Angreifern entgegen, dann waren die Reiter auch schon heran. Hänsten zog sich zurück und beobachtete den Angriff hinter einer Ecke versteckt. Er hatte ja vielleicht die Gelegenheit jetzt zu entkommen. Doch zu Fuß in der Fremde war das unmöglich. Er beobachtete kurz den ungleichen Kampf, dann sah er sich nach Tempestos um. Er schlich hinter den Häusern und fand den Hengst schließlich in einem halb verfallenen Stall. Er hatte sogar etwas Wasser vor sich in einer kleinen Tränke zu stehen.

Hänsten sattelte das Tier und lief hinter den Häusern zur Straße. Er würde seinen Verfolgern nicht entkommen, stellte er deprimiert fest.

Der Kampf mit den Räubern war nach kaum fünf Minuten vorbei. Niemand war Hargasses Leuten entkommen.

Hamilka ging zielstrebig auf Hänsten zu, der sich ziemlich unbewaffnet fühlte.

Er hatte wohl schon die ganze Zeit gewusst, wo er sich versteckte.

"Dass du auf so einen billigen Trick hereinfällst, hätte ich nicht gedacht", erklärte er mit tadelnden Unterton. Hänsten machte dazu nur eine unbestimmte Geste. Es

war ihm ohnehin peinlich, so übertölpelt worden zu sein.
"Aber du bist der Erste, der es so weit geschafft hat! Schon das ist eine Leistung. Nun müssen wir aber sehen, wie wir es aussehen lassen wollen."
Hamilka sah ihn durchdringend an, denn Hänsten begriff im Augenblick nicht, was der Vormann des Grafen mit seinen Worten andeuten wollte.
"Wir müssen jetzt meine tapferen Begleiter leider verschwinden lassen, sonst war alles umsonst. Es ist schade um die Männer, aber eine andere Möglichkeit sehe ich nicht!"
"Alle?" Hänsten war überrascht von der Kaltblütigkeit Hamilkas.
Der ehemalige Söldner nickte düster. Hänsten begriff nun, das der große Mann vor ihm verlangte. Das bedeutete auch, dass es nur eine Frage der Zeit war, bis er sich mit ihm messen musste.
"Es kann nur schnell geschehen", erklärte Hänsten. Er nahm sich eine Armbrust und einen Köcher dazu. Beim Spannen der Waffe beobachtete er seinen Bundesgenossen.
Der nahm einen Bogen und zielte kaltblütig auf den nächsten Reiter.
Ehe Hamilkas Begleiter überhaupt begriffen, was vor sich ging, waren schon die Hälfte dem Tode überantwortet worden.

Ein, zwei Männer versuchten ohne Erfolg zu flüchten. Hamilka erwies sich als sehr sicherer Bogenschütze auch auf größere Entfernung.
Die restlichen Männer stellten sich verzweifelt zum Kampf. Es wurde aber nur ein Gemetzel mit einfachen Stallburschen. Hänsten hatte kein gutes Gefühl dabei, gegen einfache Pferdeknechte zu kämpfen, mit denen er einige Zeit unter einem Dach gelebt hatte.
Am Ende standen die beiden allein in Staub und Blut. Hänsten behielt seine Waffe in der Hand.
"Was werden wir nun tun", fragte er.
"Was ist das für eine Frage? Wir machen uns auf den Weg zu Torrestas!"
Hänsten sah ihn überrascht an.
Hamilka lächelte ihn nachsichtig an. Dann schlug er ihm auf die Schulter.
"Du glaubst nicht, wie lange ich auf diesen Augenblick gewartet habe!
Du musst verstehen, ich bin ein Verwandter von Torrestas. Das wusste natürlich sonst niemand und so konnte ich mich bei den Stallungen andienen, ohne dass jemand Verdacht schöpfte. Baron Torrestas hatte schon viele Männer in den Tod geschickt wegen dieses Pferdes. Er bat schließlich mich, ich war nämlich in einer schwierigen Lage zu der Zeit. Das nutzte er aus. Mitleid konnte man von dem Baron noch nie erwarten, aber er wollte mir auch auf diese Art helfen. Wenn ich Erfolg haben würde, wären allen Schulden bei ihm hinfällig. Doch ich muss zugeben ich war einfach zu

feige, um das alles auf mich zu nehmen, so wie du. Ich habe mir bei Hargasses ein gutes Leben aufgebaut, das ist nun vorbei!"
Seine große Hand zeigte auf Hänsten, der noch immer nicht wusste was er von diesem Kerl halten sollte.
Wie konnte er diesem Mann trauen, der ihm so freimütig alles erzählte? Damit teilte er dessen Geheimnis.
Hamilka hob beide Hände. "Ich weiß was du jetzt denkst, aber ich bin allein etwas feige! Lass uns diesen verdammten Gaul zu meinem Onkel bringen, du bekommst dein Geld und ich bekomme hoffentlich mein altes Leben zurück."
Hänsten war nicht wirklich überzeugt, aber er musste im Augenblick mitspielen. Eilig suchte er seine Waffen zusammen und nahm sich von den Toten was ihm brauchbar erschien.
"Du kennst dich hier also aus", fragte er, nachdem sie ihre Pferde bestiegen hatten. Tempestos ließ sich jetzt ganz unproblematisch am Zügel führen.
"Wir werden wohl heute Nacht Stabecas erreichen, wenn wir nicht noch aufgehalten werden. Morgen bist du wieder frei und von allen Verpflichtungen entbunden!"
Das war irgendwie ein schöner Gedanke, stelle Hänsten fest. Die Landschaft hier war ihm zu trostlos. Die Hitze und der Staub zerrten an seine Nerven. Er wollte wieder Bäume im Nachtwind rauschen hören

und sich nachts mit einem Fell wärmen. Er wollte nicht mehr ständig bei jeder Bewegung schwitzen!
Sie hatten jetzt genug Pferde zur Auswahl. Hänsten nahm sich einen brauen Wallach, der ihn sofort akzeptierte und führten Tempestos am Zügel neben sich her.
Sie folgten einfach einem ausgefahrenen Weg, den Hamilka eingeschlagen hatte. Trotzdem sie ganz ruhig nebeneinander her ritten, war zwischen ihnen eine fühlbare Spannung. Hänsten merkte das an den unauffälligen Seitenblicken seines Reisegenossen.
Hänsten begann sich zu fragen, warum sie zu zweit das Pferd überbringen sollten, wenn doch nur einem die Belohnung zustand?
Sicher, er hatte ihn aus einer schwierigen Situation befreit, aber den Worten des Mannes, konnte er nicht glauben.
"Du musst das Pferd überbringen", fragte Hänsten seinen Begleiter.
Er sah er ganz nebenbei Hamilka ins Gesicht. Seine Miene war zu Stein geworden. Der Angesprochene zuckte überrumpelt zusammen. Er wusste nun, dass sein Überraschungsmoment verloren war.
"Es wäre für mich die Begleichung einer alten Schuld!"
"Also wird nur einer die Stadt erreichen?"
"Dann eher wohl keiner! Das ergibt aber keinen Sinn!"
Er sagte das in einem sachlichen, ruhigen Ton. Für ihn schien Hänsten ein ebenbürtiger Gegner zu sein.

Hänsten nickte nur. In diesem Falle hatte er absolut Recht.
"Ich kann mit oder ohne Pferd nicht mehr zurück zu Hargasses, das muss dir doch klar sein", erklärte Hamilka dann. Er suchte Verständnis in Hänstens Augen. Der sah starr geradeaus. Er verstand nicht was Hamilka von ihm erwartete.
"Hargasses würde mich auspeitschen lassen oder schlimmeres."
Hänsten konnte die Sorgen des Mannes zwar nachvollziehen, aber er hatte den Auftrag auch nicht zum Zeitvertreib angenommen.
"So ein Kerl wie du lässt sich doch nicht auspeitschen", erwiderte er dem ehemaligen Söldner. Doch Hamilka wehrte ab.
"Ich bin mit Torrestas verwandt, das wird der Graf bald herausfinden, wenn er es nicht inzwischen schon weiß! Ich kann nicht mehr zurück, so oder so! Wir werden einfach abwarten, was mein Onkel tun wird."
Das klang in Hänstens Ohren unlogisch.
Die nächsten Stunden ritten sie schweigend, bis sich die Dunkelheit am Horizont ankündigte.
Jeder behielt den anderen im Auge. Doch nichts geschah, nur der heiße Wind strich über sie hinweg und ließ ihre Körper ausdörren.
"Warum machst du diese Arbeiten? Es müssen doch schon in vielen Städten und Dörfern dein Steckbrief hängen!"
Hamilka sah Hänsten von der Seite an.

"Ich verdiene damit ganz gut Geld, oder warum machst du deine Arbeit?"
Hänsten war es nicht gewöhnt, über seine Beweggründe zu sprechen. Doch im Moment war ihm das egal. Er würde sich ja bald von seinem Begleiter trennen, im Guten oder Schlechten.
"Aber du weißt doch nie, ob du bezahlt wirst", fuhr Hamilka fort.
"Ich werde immer bezahlt", erklärte Hänsten mit ein wenig Nachdruck. Darüber ließ er keinen Zweifel aufkommen.
Sein Begleiter nickte langsam mit dem Kopf. Was das bedeutete war ihm klar.
Am späten Abend ließ die Hitze endlich nach. In der Ferne sahen sie für Hänsten überraschend einige rote Dächer und dem ihm bekannten Turm im letzten Licht des Tages glitzern. Ein Schwarm Tauben kreiste über den Häusern. Ihr Ziel war nun nahe.
Sie würden endlich bald Stabecas erreichen. Damit war dieser Auftrag nun so gut wie erledigt.
"Würdest du mich töten", fragte Hamilka plötzlich.
Hänsten gab ihm darauf keine Antwort. Deprimiert nickte schließlich der große Mann. Hänsten wunderte sich nur, warum dieser ehemalige Söldner solche Angst vor ihm hatte. Er würde doch sicherlich auch schon so manches Menschenleben genommen haben.

Zurück in Stabecas

Hänsten klopfte an das gleiche Tor wie zu Beginn seines Auftrages. Hamilka hatte ihn durch die Stadt bis zu Torrestas geführt, als wäre er den Weg schon tausend Mal gegangen. Nachdem Hänsten nachdrücklich den Türklopfer benutzt hatte, schien Hamilka sich beinahe hinter ihm zu verstecken.
Sie wurden diesmal recht schnell eingelassen. Kinder liefen ihnen aufgeregt entgegen und betrachteten das erschöpfte Pferd. Auch das übrige Gesinde warf einen neugierigen Blick auf die Ankömmlinge. Sie wussten alle, was für ein Pferd die Männer da mitbrachten.
Baron Torrestas stand schon kurz darauf vor ihnen und ging beinahe ehrfürchtig um den schweißbedeckten und völlig erschöpften Hengst herum.
Auch er sah müde aus. Er musste in der Nacht die Stadt erreicht haben.
Das Pferd schnaufte und hechelte. Er klopfte dem Pferd auf den schweißigen Rücken und grunzte zufrieden. Stumm nickte er Hänsten zu. Er hatte die Erwartung des Barons erfüllt.
Dann trat er dicht vor Hamilka, der ihn um einen Kopf überragte und stemmte die Arme in die Seite.
Hänsten war überrascht von dessen Mut. Doch es war kein Mut, das konnte er sogleich erkennen, es war eher Unwille diesen Mann hier jetzt zu sehen.
"Was willst du hier", fuhr er seinen Verwandten barsch an.

Es war dem ehemaligen Söldner sichtlich unangenehm so vor Hänsten behandelt zu werden. Hamilka duckte sich instinktiv unter dieser Begrüßung.
"Ich habe ihm geholfen, das Pferd hierher zu bringen", erklärte Hamilka etwas trotzig.
"Untersteh dich, so mit mir zu sprechen! Das hatte er auch allein gekonnt! Du willst deine Schuld auf seinem Rücken abtragen? Wo warst du eigentlich neulich bei dem Rennen? Dich habe ich gar nicht gesehen!"
Hamilka wandte sich unter diesem abweisenden Blick. Der Vorwurf war aber falsch!
Der Baron warf dann einen fragenden Blick auf Hänsten. Seine Stirn legte sich in Falten. Er sah Hänsten nun auch mit einer unzufriedenen Miene an.
"Ich war eigentlich der Meinung, dass ich den Hengst vor dem Rennen schon haben würde", erklärte er mit einem wütenden Gesichtsausdruck. Er machte einen Schritt auf Hänsten zu. Auch an ihm wollte er seinen Zorn auslassen.
"Es hat sich leider nicht früher ergeben, ich hatte einen Bewacher ständig hinter mir. Aber ich habe meinen Auftrag nun erfüllt!"
Der Baron wollte schon wieder aufbrausen, besann sich dann aber. Er machte einen Schritt zurück. "Du solltest dich einmal waschen!"
"Euer neuer Hengst soll wohl lange Zeit an der Spitze gewesen sein, habe ich gehört", sagte Hänsten, um den Mann etwas zu beruhigen. Er wollte jetzt nur noch sein Silber und dann würde er sofort verschwinden.

Er hatte sich seiner Meinung nach nichts vorzuwerfen. Der Vertrag war erfüllt! Das war alles, was zählte! Es waren schließlich keine Fristen vereinbart worden! Torrestas betrachtete ihn schweigend. Vielleicht überlegte er, ob Hänsten ihn auf den Arm nehmen wollte. Er zügelte seinen Zorn schließlich und gestattete sich sogar ein Lächeln. Es war jedoch nur aufgesetzt, erkannte Hänsten sofort.
"Tempestos ist für ein Rennpferd schon ziemlich alt", stellte er dann plötzlich mit unergründlicher Miene fest. Sein Lächeln wurde breiter.
Hänsten wollte sich nichts mehr von der Familienfehde und gestohlenen Pferden anhören. Es konnte Torrestas doch egal sein, wo er während des Rennes gewesen war! Die Einzelheiten gingen den aufgeblasenen Edelmann absolut nichts an! Das war sein Prinzip, mit dem er bisher gut gefahren war. Doch das Thema schien für den Mann plötzlich erledigt zu sein.
Der Baron winkte ihm mit einer laxen Geste zu folgen. Hamilka hingegen, der offensichtlich mit dem Baron auf irgendeine Art verwandt war, wurde von Torrestas mit einer gleichgültigen Handbewegung fortgeschickt. Der ehemalige Söldner sah Hänsten noch einmal an und ging mit gesenkten Kopf vom Hof.

"Wie war es", fragte Hamilka später, als Hänsten wieder unten auf dem kühlen Hof stand.

"Hargasses wird sicherlich bald mit seinen Leuten hier sein", erklärte Hänsten abwehrend. Er wollte nur seinem vereinbarten Lohn einstreichen und schnell von hier verschwinden. Hamilka sollte mit seinen Familienproblemen allein fertig werden!
Ihm fiel plötzlich ein, dass irgendwo in diesem großen Haus Mikaela auf Nachrichten von ihrer Familie wartete. Er wollte sie aufsuchen, das war er seinem mutigen Gastgeber noch schuldig, fand er.
Er verabschiedete sich stumm mit einem Nicken von Hamilka und seufzte. Er hatte ein zu weiches Herz, befand er. Das musste er ändern.
Er sah, dass auf der anderen Seite der stolze, aber erschöpfte Hengst, vorbeigeführt wurde. Tempestos war inzwischen der Schweiß abgerieben worden. Ein reich verziertes Tor war für das Tier geöffnet worden. Das würde wahrscheinlich für den Rest seines Lebens seine Heimat sein. Wie der Baron es schon andeutete, der Hengst war schon ziemlich alt für ein Rennpferd. Nun würde sich gleich herausstellen, ob der Baron zu seinem Wort stand. Das ließ aber keine Unruhe in Hänsten aufkommen.
Er sah Hargasses als größeres Problem an. Der Mann war sicherlich wütend bis zur Weißglut, das konnte man sich denken. Er sann sicherlich auf Rache für diesen dreisten Raub.
Auch wenn Hänsten die Hintergründe dieser Fehde nicht kannte, konnte das noch ein schlimmes Ende nehmen. Hargasses war ein kaltblütiger Mann, der

genug Männer in seinem Rücken hatte, um gegen Stabecas vorzugehen. Torrestas sollte das nicht einfach ignorieren, auch wenn er genügend Leute zur Hand haben sollte, um Hargasses entgegentreten zu können. Irgendetwas würde schon bald passieren, das war für Hänsten sonnenklar. Zu diesem Zeitpunkt wollte er schon weit weg von dieser furchtbaren Stadt sein! Fort von der nicht enden wollenden Hitze!
Er stieg die Treppe hoch und blieb vor dem angewiesenen Raum stehen, es war ein anderes, als beim ersten Zusammentreffen. Kurz überlegte er, ob er jetzt gleich auf eine Armbrust sehen würde. Wenn Torrestas seine eigenen Verwandten schon schlecht behandelte, wie würde er dann erst mit Fremden umgehen? Er lockerte sein Messer in der Scheide etwas.
Er stand abwartend in einem kleinen unaufgeräumten Zimmer, ein älterer Mann sah ihn mit abweisenden Blick an und verließ dann das Zimmer. Eine angelehnte Tür führte weiter in ein Nebenzimmer. Langsam bewegte sich Hänsten in die Richtung. Er drückte die Tür weiter auf und blieb auf der Schwelle abwartend stehen.
Neben dem Fenster stand ein Schreibtisch, dahinter saß der Baron und schien eifrig in einigen Papieren etwas zu suchen. Er drehte sich suchend zu Hänsten um und sah ihn abwägend an. Der Baron wirkte jetzt übermüdet. Schließlich öffnete er eine Schublade unter dem Tisch und holte ein Jutesäckchen hervor. Mit einem Ruck

schob er es zur Tischkante. Hänsten trat näher. Er schnürte es seelenruhig auf und warf einen kurzen Blick hinein. Er band ihn wieder zu und steckte ihn unter sein Hemd. Der Auftrag war somit beendet.
"Was passiert jetzt mit dem Mädchen?"
Torrestas drehte sich weiter zu Hänsten um und sah ihn irritiert an.
"Was für ein Mädchen? Was geht es dich an, was hier mit den Mädchen passiert? Nimm deinen Lohn und verschwinde!" Der Edelmann starrte ihn mit zusammengezogenen Augenbrauen irritiert an. Davon ließ sich Hänsten jedoch nicht beeindrucken.
"Also gilt euer Wort nichts, Baron?" Hänsten hätte sich beinahe auf die Zunge gebissen, für diese dummen Worte. Er verstand sich in diesem Augenblick selbst nicht. Torrestas hatte ihm in Bezug auf Mikaela nichts versprochen! Der Baron wollte von seinem Schreibtisch aufspringen, besann sich dann aber. Seine rechte Hand ballte sich zur Faust. Doch er erhob sich nur etwas von seinem Stuhl und beugte sich Hänsten etwas entgegen. Er sah ihm tief in die Augen.
"Ich habe dir gegenüber mein Wort gehalten, also was willst du! Ich bin Baron Torrestas, ich gebe mein Wort und ziehe es wieder zurück, wann immer es mir gefällt!"
Hänsten fand die Reaktion etwas überzogen. Aber er wollte sich jedoch mit dem müden, gereizten Mann auf keinen Streit einlassen, schon gar nicht wegen des Mädchens.

Der Baron sah ihn abwägend an und richtete sich langsam auf. Er schien nachzudenken. Plötzlich lächelte er beinahe fröhlich.
"Also gut, du hast es auf das Mädchen abgesehen! Machen wir ein Geschäft, für ein Silberling ist sie deine Dienerin oder was immer du mit ihr anfangen willst. Sie ist ja immerhin ganz ansehnlich!" Er zwinkerte Hänsten etwas anzüglich zu und wartete auf dessen Reaktion. Ein feines Lächeln malte sich um seinen Mund.
Hänsten war etwas überrascht und nahm sich die Zeit darüber nachzudenken. Er wollte jetzt nicht ein halbwüchsiges Mädchen an seinen Fersen haben. Was sollte er mit ihr auch anfangen?
Mit einem Ruck griff er dann in den Jutebeutel und ließ nach kurzer Überlegung ein Silberstück über den Tisch rollen.
Der Baron grinste ihn breit an. "Du bist gar nicht so ein harter Mörder, wie alle behaupten!" Er lachte etwas heiser.
Hänsten blieb gelassen. Er rückte nur kurz das Messer an seinem Gürtel zurecht. Der Baron schien diese Geste zu verstehen und setzte sich wieder auf seinen Stuhl.
"Ich habe auch nie behauptet ein Mörder zu sein", erklärte Hänsten mit kalter Stimme. "Ich habe allerdings gewisse Erfahrungen auch auf diesem Gebiet!" Diese Antwort gefiel dem Baron nicht. Er lehnte sich in seinen Stuhl zurück. In dessen Gesicht

spiegelte sich ungezähmte Wut wieder. Dann hatte er sich plötzlich wieder gefangen. Er sah Hänsten eisig an. "Du solltest dich hier in meiner Stadt nicht mehr sehen lassen! Es könnte sonst passieren, dass du unseren Friedhof kennenlernst. Wir haben dort einen Platz für Gäste, die von weit herkommen und nicht mehr fortgehen möchten!"
Hänsten nickte stumm und drehte sich zur Tür. Mit schnellem Schritt lief er hinaus ins Treppenhaus.
Auf halber Treppe traf er schon auf Mikaela. Er fragte sich, woher sie von seiner Ankunft wusste.
Vielleicht hatte sie sogar an der Tür gelauscht.
Sie suchte in seinem Gesicht nach einem Zeichen, was er als nächstes tun würde. Hänsten fragte sich, warum er Hoffnung in ihren Augen sah.
"Ich habe Pietro deine Kette gegeben", sagte er und sah sie an. Sie lächelte kurz.
Hänsten gefiel das Flehen in ihrem Blick nicht, aber er hatte sie gerade gekauft.
Sie gehörte nun ihm!
"Du kommst jetzt mit", erklärte Hänsten schroff, bevor das Mädchen überhaupt etwas sagen konnte.
"Pack deine Sachen ein und zwar schnell!" Er sah sie eindringlich an. Sie schien völlig überrascht.
"Aber Baron Torrestas! Lässt er mich wirklich gehen?" Sie konnte ihr Glück kaum fassen. Er wollte dem Mädchen auch nicht verraten, das er sie dem Baron abgekauft hatte.

"Ich hatte nicht den Eindruck, dass er das wirklich wollte", antwortete Hänsten, um sie zur Eile anzutreiben. "Aber ich habe seinen Preis gezahlt!"
Mikaela sah ihn verwirrt an. Langsam verstand sie. Hänsten wollte jetzt schnell von Torrestas Sitz und aus der Stadt verschwinden.
Aber was sollte er jetzt mit Mikaela anfangen? Er hatte nicht vorgehabt noch einmal zu den freundlichen Wirtsleuten an der staubigen Straße zurückzukehren. Das würde unter Umständen ein Zusammentreffen mit den Leuten von Hargasses zur Folge haben.
Doch das Mädchen, das nun ihm gehörte, konnte auf keinen Fall hier in Stabecas zurückbleiben!
Er fragte sich wieder einmal, warum er das auf sich nahm. Er hätte einfach den Baron verlassen können und wäre jetzt schon auf dem Weg nach Turmstadt. Von da könnte er eine Überfahrt zum Kaltfjord kaufen und in einigen Wochen vielleicht sein Kind sehen!
Mikaela sah ihn ängstlich forschend an. Sie wusste nicht, was seine Reaktion zu bedeuten hatte.
"Wohin wollen wir nun gehen, Herr", fragte sie schließlich.
"Hier erst einmal heraus! Hast du noch Sachen, die du einpacken musst?"
Sie nickte leicht und flog schon beinahe die Treppen hinab. Hänsten folgte ihr etwas langsamer.
Sie verschwand auf dem Hof in einer Tür und war schon wenige Augenblicke später wieder mit einem

kleinen Bündel, das alle ihre Habseligkeiten darstellte, bei ihm.
Eilig verließen sie das Anwesen des Barons. Die beiden Wächter am Tor sahen ihnen erstaunt hinterher.
Hänsten atmete erst auf, als sie einige Straßen weiter waren.
"Hast du jemanden, der dich für ein paar Tage aufnehmen würde? Dann könnte dich Pietro hier abholen."
Sie sah ihn mit offenen Mund an. "Du lässt mich frei, Herr?"
Hänsten nickte seufzend. "Ich kann dich auf meinen Reisen nicht gebrauchen", erklärte er kalt abweisend. "Das würdest du nicht überstehen", fügte er noch hinzu. Hoffentlich verstand das Mädchen das nicht falsch!
"Ich finde den Weg schon selbst", erwiderte sie bestimmt. Sie wusste wohl nicht, ob sie lachen oder weinen sollte.
"Ich habe auch sonst ab und zu ein paar Tage frei bekommen und bin dann nach Haus gegangen!"
"Allein?"
Sie nickte schnell und lief auch schon los, als habe sie Angst, dass dieses überraschende Wunder nicht mehr lange anhielt.
Hänsten musste das Mädchen zurückrufen, denn er musste schließlich seine Sachen vom Bruder seines Gastgebers abholen, vorausgesetzt sie waren hier in Stabecas überhaupt angekommen.

Mikaela sah ihn überrascht und beinahe etwas ängstlich an. Sie hatte Angst, dass der Traum schon wieder vorbei war!
Eilig führte sie ihm dann zu dem Bruder seines Gastgebers. Es waren nur ein paar Schritte weiter. Sie klopfte energisch an dessen Tür, bis sie sich öffnete. Das Mädchen wechselte einige hastige Worte mit ihm, dabei zeigte sie mehrmals auf Hänsten. Der Mann sah abwechselnd von ihr zu Hänsten. Er schien nicht zu wissen, was er von dem Fremden halten sollte. Dann verschwand er kurz in seinem weiß getünchten Haus, das wie mit Gewalt zwischen die anderen Häuser gequetscht, aussah. Sie alle hatten die Straßen entlang grünen Fensterläden.
Einige Minuten später bekam Hänsten ein schweres Bündel in die Hand gedrückt und die Tür schloss sich vor ihm wieder. Der Mann hatte ihn weder begrüßt, noch verabschiedet.
Hänsten ging alles schnell durch, es schien nichts zu fehlen. Auch seine Waffen waren vollständig.
Mikaela stand wie auf heißen Kohlen immer noch neben ihm. Sie wartete, dass er sie wie versprochen fortschickte, denn immerhin hatte er sie dem Baron abgekauft. Sie war jetzt sein Eigentum!
Hänsten lächelte sie an und bedankte sich mit wenigen Worten bei ihr. Sie verstand nicht, warum er sich bei ihr bedankte, doch das spielte jetzt keine Rolle, denn sie war jetzt endlich wieder frei! Warum er sie gekauft

hatte und dann gleich wieder gehen ließ, spielte nun keine Rolle mehr!
Darauf drehte sich das Mädchen sofort um und rannte einem gerade vorbeigerollten Fuhrwerk hinterher. Nach einem kurzen Wortwechsel mit dem Kutscher kletterte sie hinten auf den Wagen hinauf. Der Mann warf noch einen misstrauischen Blick auf Hänsten und trieb dann die Pferde wieder an.
Hänsten sah dem Fuhrwerk nachdenklich hinterher. Warum er Mikaela weggeschickt hatte war ihm klar. Es war keine Freundlichkeit, er wollte einfach ungebunden sein! Er kostete das Gefühl etwas aus. Plötzlich schien alles leichter zu werden.
Der Gedanke stellte sich bei ihm ein, dass er jetzt tatsächlich frei war. Seine Sorgen hatten sich in Luft aufgelöst! Der Auftrag war erfüllt und ein kleines, aber recht schweres Säckchen klimperte leise in seiner Tasche.
Er lief langsam durch Stabecas und sah sich um. Jetzt war es wieder eine kleine Stadt wie er sie schon zu Dutzenden kennengelernt hatte!
Es konnte eigentlich kaum ein paar Schritte machen, ohne auf einen Pferdestall zu treffen. Ziellos streifte er durch die Gassen und nahm das Flair dieser Stadt in sich auf. Auf dem Markt kaufte er ohne großes Gefeilsche ein junges Pferd und belud es mit seinen Habseligkeiten. Er hatte ein gutes Pferd genommen, denn inzwischen wusste er ja, worauf es bei diesen Tieren ankam.

Hänsten schlug er den gleichen Weg nach Turmstadt ein, den er gekommen war. Wie lange war das schon her?

Er hatte keine Ahnung.

Er gab dem Tier die Sporen. Er musste fort von hier, raus aus dieser Stadt! Nachdem Stabecas hinter ihm langsam kleiner geworden war, zügelte er sein Pferd. Jetzt hatte er es nicht mehr so eilig. Er warf einen letzten Blick zurück und sah den Turm von Torrestas in den wolkenlosen Himmel ragen.

Der turbulente Tag versprach zu guter Letzt ein erfreulicher Tag zu werden. Er musste nur noch etwas Abstand zu dieser Gegend bekommen.

Der Kaltfjörd wartete auf ihn, das fühlte er genau. Er spürte schon fast den kalten Atem des Meeres. Das ließ ihn die Hitze vergessen.

In der folgenden Nacht sah er wieder das Gesicht eines kleinen Mädchens. Er musste sich nur noch ein paar Tage gedulden, dann würde er sein Kind sehen!

Daran gab es diesmal keinen Zweifel.

Danksagung

Dieses Buch wäre nie ohne Stella und Ramona
so zustande gekommen!
Für ihre unendliche Geduld und Unterstützung
gebührt ihnen größter Dank!!

Printed in Poland
by Amazon Fulfillment
Poland Sp. z o.o., Wrocław

86019234R00103